Das Geheimnis der Satanseiche

Henning Pawel

Das Geheimnis der Satanseiche

Ein Gruselkrimi

Thienemann

Die großen Ferien sind da, über Nacht hereingebrochen. Ich sitze in der Bimmelbahn nach St. Sebastian. Von dort aus sind es nur noch 30 Kilometer in die Berge nach Hundertach. Der Zug fährt einmal am Tag und ist wieder mal voll geknallt mit Touristen und Feriengruppen. Sarah, meine coole Mutter, steht auf dem Bahnsteig und ich in der Türe des Waggons. Sie ist traurig, das sieht man. Abschied ist nicht ihre Sache. Obwohl sie schon eine Menge Typen verabschiedet hat. In jedem Jahr mindestens einen.

»Grüß die beiden von mir«, sagt Sarah und versucht zu lächeln.

Die beiden sind Jes, meine Großmutter, und No, meine Tante. Sie leben schon ewig in Hundertach. Jes und No sind neben Sarah die coolsten Frauen, die ich kenne. Nur schon etwas geschrumpft. Mit 75 Jahren wächst man eben nicht mehr. Aber unglaublich witzig und lieb.

Vor mir liegen die sechs besten Wochen des Jahres. Ferien in Hundertach. Ohne Sarah. Sie fährt an die Ostsee, um zu baden und zu fischen. Nach Bernstein und einem Sommermann. Sarah liebt die Männer nur im Sommer. Warum, weiß ich auch nicht. Auf jeden Fall sind Sarahs Affären immer mit dem letzten Tag des Urlaubes beendet. Früher dachte ich, wenn es A-ffären gibt, muss es auch B- und C-Fähren geben und dass die zwischen Inseln und dem Festland verkehren. Heute aber weiß ich: Eine A-ffäre ist eine Sache zwischen Mann und Frau, die im Urlaub anfängt und spätestens bei Ferienende wieder vorbei ist.

Ich schaue zu Sarah auf den Bahnsteig hinunter. Sie sieht herauf zu mir und sagt ihren Lieblingsspruch: »Oh, oh, Antonio.« Dann sagt sie noch: »Du wirst mir fehlen.«

»Du mir auch«, sage ich. »Aber im Sommer bin ich dir doch nur im Weg.«

Sarah will was sagen, doch ich lass sie gar nicht dazu kommen.

»Du weißt doch selbst, wie die Typen immer durchdrehen, wenn sie mitbekommen, dass sie nicht die Nr. 1 bei dir sind.«

Sarah muss lachen. »Und es auch niemals werden können. Mach's gut, Antonio. Ich wünsch dir den schönsten Sommer, den es gibt.«

Der Zug fährt an. Meine Mutter winkt mir noch mal zu und geht mit ihren langen, schnellen Schritten davon.

Ich will gerade zu meinem Platz im Abteil, da sehe ich ziemlich weit hinten ein paar Leute den Bahnsteig entlangjagen. Ein dicker Mann mit Koffern. Ein Junge, so alt wie ich, neben ihm. Der Schaffner steht noch auf dem Trittbrett des Waggons der Bimmelbahn und winkt wichtigtuerisch nach vorne zum Lokführer. Jetzt will er rein in den Wagen. Ich aber halte die Tür von innen zu und sage durch den

Spalt: »Stopp den Zug, Mann. Die zwei dort müssen auch noch mit.«

»Willst du mich umbringen?«, keucht er von draußen.

»Du brauchst nur den Zug anzuhalten, dann darfst du weiterleben«, sage ich und mache die Tür einen Spalt auf. Er glotzt mich an wie ein Rotfeuerfisch.

Weil der Zug jetzt schneller wird, lasse ich die Tür nun doch los. Der Schaffner kommt hereingestürzt und verpasst mir einen heftigen Stoß vor die Brust. Ich sehe Sterne, so tut das weh. Ich hatte mir mal die Rippen gebrochen bei einem Sturz im Erlebnisbad. Jetzt denke ich, es ist wieder passiert. Ich fliege rückwärts. Knapp an einem großen Typen mit Sylvester-Stallone-Gesicht vorbei, der mir schon beim Einsteigen aufgefallen ist. Ich lande in der Wagenecke, genau unter der Notbremse. Und da man sich irgendwo festhalten muss, halte ich mich an der Notbremse fest und die nun wieder hält sich am Zug fest. Es kreischt und jault. Alles fliegt durcheinander, der Zug steht, ich aber sitze. Auf dem Fußboden. Der Schaffner und Stallone auch. Der dicke Mensch draußen auf dem Bahnsteig nutzt seine Chance, erreicht unseren Waggon, wirft erst seinen Koffer rein, dann den Jungen und zuletzt kommt er selbst.

Er schnauft grässlich. Reicht dem Schaffner, der noch immer auf dem Boden sitzt, die Hand. »So was Hilfreiches habe ich noch nicht erlebt«, sagt er.

»Ich auch nicht«, erwidert der Schaffner giftig, rappelt sich hoch und deutet auf mich. »Bedanken Sie sich bei dem hier. Am besten mit einem Geldgeschenk in Höhe von 5000 Mark. So teuer wird die Sache mit der Notbremse für ihn.«

»Moment mal«, sagt Stallone auf dem Boden neben mir. »Der Junge hat sich nur an der Notbremse festgehalten, weil Sie ihn gestoßen haben.«

»Er versuchte mich zu erpressen. Ich sollte den Personenzug 91-12 wieder stoppen«, sagt der Schaffner schnaufend, »und das konnte ich nicht.«

»Aber stoßen konnten Sie ihn?« Stallone steht auf. »Ich kann's nicht leiden, wenn Kinder so umhergeschubst werden. Wir sollten Sie auch mal ein bisschen schubsen.« Er baut sich vor dem Schaffner auf und ich kann sehen, dass unter seinem T-Shirt tatsächlich Muskeln wie beim echten Stallone vorhanden sind.

Ich sitze, halte mir die Brust, die höllisch wehtut, und taste mich vorsichtig ab. Ein bisschen Blut schmecke ich auch im Mund. Der übliche Biss auf die Unterlippe. Stallone gibt mir ein Tempotaschentuch. »Wisch dir die Schnute und lass mal deinen Brustkorb sehen.« Er kniet sich runter und zieh mein T-Shirt hoch, betastet mich vorsichtig.

»Sind Sie Arzt?«, fragt der dicke Mensch und geht ebenfalls in die Hocke.

Stallone schüttelt den Kopf. »Bergsteiger und arbeitslos. Ich habe aber oft mit Verletzungen zu tun und verstehe ein bisschen davon. Atme mal durch!«, kommandiert er. Ich schnaufe heftig. Es geht. Die Schmerzen lassen nach.

»Zum Glück nur eine Prellung.« Stallone wirft einen schiefen Blick auf den Schaffner. »Man müsste ihn eigentlich auch mal prellen.«

Weil ich nicht will, dass der Schaffner noch mehr Ärger bekommt, er wird ganz weiß um die Nase, sage ich hastig: »Ganz fair war's auch nicht von mir, die Tür zuzuhalten.«

Der Schaffner atmet erleichtert auf.

Jetzt kommt der nächste Eisenbahner in den Waggon gehüpft.

»Ist was passiert?«

Der Schaffner wirft einen schrägen Blick auf mich und erklärt dann: »Wieder mal ein Hydraulikfehler. Die Waggontür hat geklemmt. Ich kam nicht rein. Und da hat dieser Junge hier die Notbremse gezogen.«

»Großes Bundesverdienstkreuz für die Leistung!« Der Eisenbahner hält mir die Hand hin. »Stell dir bloß mal vor, dieser Schaffner hätte bis St. Sebastian draußen auf dem Trittbrett bleiben müssen, weil er nicht reinkonnte.« Er lacht sich halb tot bei dieser Vorstellung, dann springt er wieder raus, gibt das Signal und der Zug setzt sich in Bewegung.

Auch der dicke Mensch gibt mir jetzt die Hand. »So was von Hilfsbereitschaft habe ich noch nicht erlebt«, erklärt er noch einmal bewundernd.

»Ich heiße Christoph«, sagt er dann zu mir. »Christoph Volland aus Hamburg.«

Dann deutet er auf den Jungen neben sich. »Das hier ist mein Sohn Sascha.«

»Ich bin Antonio«, sage ich und gehe rein ins Abteil zu meinem Platz. Christoph, Stallone und Sascha hinterher. Der Schaffner ist verschwunden.

»Mir ist schwach von der ganzen Aufregung. Muss sofort was essen«, sagt Christoph und packt Futter aus. »Ihr seid natürlich eingeladen.« Er legt Päckchen auf das Fensterbrett. Äpfel, Schnitten, Buletten, Hühnerkeulen, Rippchen, Schnitzel. Ich habe plötzlich auch Hunger und nehme eine Hühnerkeule.

Stallone stiftet aus seinem Seesack ein Büchsenbier für Christoph, eine Cola für uns und bekommt dafür ein mächtiges Schnitzel. Sascha nagt an einer Bulette und sein Vater verdrückt ziemlich flott ein Rippchen. »Er macht das alles selbst«, sagt Sascha und deutet mit dem Kopf auf Christoph. »Kochen, braten, backen.«

»Sind Sie Koch?«, fragt Stallone.

»Der Beste, den es gibt«, erklärt Sascha. »Zu uns kommen alle möglichen Leute zum Essen. Er hat sogar einen Künstlernamen, weil er bei einem Wettbewerb den besten Auflauf gemacht hat.«

»Doch nicht etwa Biolek?«, fragt Stallone grinsend.

Sascha schüttelt den Kopf. »Omelett.«

»Denkt aber nicht, dass ich Koch von Beruf bin«, erklärt uns Omelett. »Ich bin Maskenbildner und arbeite beim Fernsehen. Kochen hat sehr viel mit Maskieren zu tun. Ich mache beim Kochen aus einem Kohlkopf oft etwas ganz Besonderes, und beim Fernsehen häufig auch.«

»Wo fährst du denn hin?«, fragt mich Sascha jetzt.

»Nach Hundertach«, sage ich.

Stallone schaut verdutzt. »Zufälle gibt es.« Mehr sagt er aber nicht.

»Noch nie was davon gehört«, sagt Sascha.

»Ein kleines Nest, ziemlich weit oben im Gebirge«, erkläre ich ihm.

»Und was machst du dort?«

»Ferien. Eine bessere Gegend für Ferien findest du nirgends.«

»Echt?«, fragt Sascha.

»Echt.«

»Kennst du die Gegend gut?«, fragt Stallone merkwürdig interessiert.

»Ich bin dort geboren und fahre auch jedes Jahr wieder hin. Und los ist immer was. Mal wird ein Nazischatz gesucht im Gelben Licht. Das ist so ein Bergsee. Mal stürzt ein Sportflugzeug ab oder Wölfe wandern aus Jugoslawien ein.«

Im Waggon ist es auf einmal still und jeder hängt seinen Gedanken nach.

»Und ich muss zu Tante Julia«, sagt Sascha auf einmal wütend zu seinem Vater.

»Doch nur bis die Fernsehserie abgedreht ist«, entschuldigt sich Omelett. »Dann fahren wir nach Holland ans Meer.«

Er steht auf. »Ich muss gleich umsteigen. Bitte ruf mich an, wenn du bei Julia bist. Schöne Ferien, mein Junge. Dir natürlich auch, Antonio. Wenn deine Ferien nur halb so interessant werden, wie es deine Geschichten sind, dann ist ja wirklich was los in Hundertach.«

Er grinst etwas spöttisch, gibt mir zum Abschied die Hand. »Nochmals vielen Dank und irgendwann sehen wir uns bestimmt wieder.«

Der Zug hält. Omelett steigt aus. Sascha winkt seinem Vater hinterher. Der winkt noch mal zum Fenster herein und entfernt sich den Bahnsteig hinunter.

»Mist«, sagt Sascha und sieht mich neidisch an. »Und solche Ferien machst du jedes Jahr?«

Weil ich sehe, dass er leidet, winke ich ab. »Du hast dafür was anderes.«

»Tante Julia!« Sascha schielt verbittert im Waggon umher. »Die poliert jetzt schon das ›Mensch-ärgere-dich-nicht‹-Spiel. Sie ist völlig verrückt danach.«

Den Rest der Tour herrscht Schweigen. Sascha stiert zum Fenster raus. Stallone nuckelt immer noch an seinem Büchsenbier und sackt mitunter weg. Ich aber überlege hin und her.

Dieser Sascha ist ein Freund. Das wusste ich schon, als er in den Zug gekeucht kam. Der Junge sieht klar nach Freundschaft aus und ich brauche dringend einen Freund. Wirklich schade, dass er in St. Sebastian, wenn ich aussteige, wieder abtauchen wird. Für immer.

Da hält auch schon der Zug. Ich nehme meinen Reisesack und bin schon draußen. Der Bahnhof von St. Sebastian liegt mitten im Ort. Die Bimmelbahn rattert durch das ganze Nest, die Hauptstraße entlang und dann rein ins Gebirge.

Von Jes und No noch keine Spur. Und auch die, die da stehen und warten oder in den Autos hängen, sind nicht aus Hundertach. Ich muss mich eben gedulden. Ins Dorf hoch sind es an die 30 Kilometer. Irgendjemand wird mich schon aufsammeln. Da bin ich sicher. Wenn aber bis heute Abend keiner da ist, borg ich mir ein Fahrrad und mach mich alleine auf den Weg.

Stallone ist verschwunden, aber Sascha lehnt im Fenster. Der Zug hat hier immer ewig Aufenthalt, wegen der vielen Tunnel durch das Gebirge, die jetzt kommen. Alles wird noch einmal überprüft.

Jetzt erscheint auf dem Bahnhof ein alter Mann. Er führt eine Hündin an der Leine, die fast so alt ist wie er selbst. Ich kenne die beiden gut. Sie wohnen in Hundertach. Der alte Mann heißt Benito, seine Hündin Clara. Sie wollen offensichtlich verreisen. Benito schleppt einen riesigen, altmodischen Koffer und schwitzt schrecklich. Er sieht sich immerzu um, wie einer, der große Angst hat.

Benito ist ein Sonderling, redet kaum mit jemandem, ist aber im Dorf sehr angesehen. Man nennt ihn den Doktor, weil er die Leute medizinisch behandelt und oft sehr erfolgreich. Besonders die Alten gehen fast alle zu ihm. Sogar mit vereiterten Zähnen. Benito bekommt sie auch immer heraus. Man hört zwar das Geschrei der Leute kilometerweit. Am Ende aber sind alle zufrieden. Benito, weil er die Wurzel erwischt hat, und sein Patient, weil es vorbei ist. Auch mir hat Benito schon geholfen. Ich hatte immer eine verstopfte Nase und bekam wenig Luft. Einen Spitznamen hatte ich dadurch auch. Die Kids riefen mich Samowar, weil meine Nase beim Atmen so komisch pfiff. Unser Arzt sagte, ich müsse erst noch wachsen, dann könnte man was machen. Benito aber hörte sich das eines Tages an und sagte nur: »Komm mal mit deiner Tante Nora vorbei.«

Ich bin aber ohne Nora hingegangen. Sie hätte bestimmt nicht erlaubt, was dann gekommen ist. Benito hat mir in die Nase reingesehen, kurz genickt und gesagt: »Höllenstein. Ich muss deine Nase mit Höllenstein behandeln. Hältst du das auch aus?«

»Klar«, sagte ich. »Wenn ich hinterher kein Samowar mehr bin.«

»100 Prozent nicht«, versprach mir Benito, tränkte einen Wattepfropfen mit einem scharf stinkenden Zeug und schob ihn mir ins Nasenloch. Zuerst habe ich gar nichts gemerkt, dann aber bin ich in der Bude umhergeschossen wie Gottfried, der Ziegenbock, wenn er angreift. Ich dachte, ich verliere die Schädeldecke, so gemein hat das gebrannt. Die Augen tränten und meine Nase schwoll zu Gurkengröße an. Sie ist seitdem auch etwas groß geblieben. Ich schrie so laut, dass Benitos Hündin Clara ebenfalls zu bellen anfing. Es war der absolute Horror. Benito aber saß nur da, sagte wie meistens kein Wort und sah auf die Uhr. Nachdem ich 10 Minuten geschrien und Clara ebenso lange gebellt hatte, zog mir der Alte die Watte wieder aus der Nase und drückte mir dafür ein paar mittelgroße Eiswürfel rein. Die Schmerzen hörten schnell auf. Und nachdem die Eiswürfel aufgetaut waren, war es tatsächlich vorbei mit dem Samowar. Das Pfeifen war weg, genügend Luft zum Atmen war auch plötzlich da und ist bis heute geblieben.

Ich will auf Benito zulaufen, um ihn zu begrüßen. Mit mir

redet er immer ein paar Worte. Da tauchen auf einmal zwei Typen auf. Während der eine versucht, Benito den Koffer zu entreißen, versucht der andere ziemlich brutal, den alten Mann zu einem Auto zu stoßen. Benito stürzt zu Boden, versucht wieder hochzukommen, bekommt schon den nächsten Stoß in Richtung Auto und stürzt wieder hin. Auch Clara bekommt Tritte. Früher wäre von diesen Mistkerlen nicht viel übrig geblieben. Clara ist eine Bordeaux-Dogge, aber viel zu alt, um sich und Benito noch schützen zu können. Sie wehrt sich zwar, winselt und schnappt. Aber sehr kraftlos. Es ist ein verdammt trauriges Bild, ein alter Mann und seine alte Hündin, hilflos solchen Scheißkreaturen ausgeliefert. Benito versucht immer wieder hochzukommen, wird aber jedes Mal aufs Neue umgeworfen. Der eine der Kerle brüllt auf einmal über den ganzen Bahnhofsplatz: »Wenn der Köter nicht laufen will, dann muss er eben fliegen.« Er packt die Hundeleine mit beiden Händen und schleudert die arme Clara, die sich kaum noch wehrt, am Hals im Kreise.

Ich lasse mein Gepäck fallen und reiße bei dem Italiener im Bahnhofskiosk die Eisfahne raus. Damit laufe ich rüber zu dem Mistkerl, der die arme Clara fliegen lässt. Ich schlage ihm den Fahnenstiel mit aller Macht über den Schädel, dann gleich noch mal. Leider bricht das erbärmliche Stäbchen schon beim zweiten Schlag. Und ich stehe da wie ein Terminator, dem man gerade den Kampfchip weggenommen hat. Der Typ stößt einen Wutschrei aus, lässt Clara aber los. Glotzt mich an, total gehässig, und geht jetzt auf mich los. Ich ahne, was kommt. Mein Freund, der Schäfer Lenhard, sagt immer: »Dein Jähzorn bringt dich noch mal um, Antonio.« Und dieser Typ wird mich jetzt umbringen. Er schlägt mir als Erstes mit der Faust auf die Nase. Die explodiert auch sofort wie eine reife Tomate. Ich versuche dem Typen einen Tritt in die untere Körperhälfte zu verpassen, was aber leider nicht klappt. So was muss lange und oft geübt werden. Jetzt bekomme ich den nächsten Schlag, aufs Auge. Mein Kopf fliegt nach hinten. Ich gehe aber noch nicht zu Boden, sondern schiele mit dem anderen, noch heilen Auge, rüber zu Benito, ob der vielleicht was machen kann. Kann er aber nicht. Steht zwar wieder schwankend und sieht sich verzweifelt um. Ich bekomme den nächsten Cut. Diesmal in den Magen. Ich klappe zusammen wie ein Taschenmesser, liege auf dem Bauch und sehe eine mächtige Schuhsohle auf mich zufliegen. Die kommt aber nicht mehr an. Sascha und Stallone sind eingetroffen. Ich sehe, wie der Typ, der sich Benito vorgenommen hat, von Stallone so eine verpasst bekommt, dass er regelrecht vom Boden abhebt und anschließend davonrast wie ein Ferrari in Hosen. Die zweite Überraschung ist mein neuer Freund Sascha. Er ist höchstens einen Meter sechzig groß und so dürr, wie sein Vater dick ist. Er tritt dem anderen Typen, der Clara fliegen ließ, einfach unters Kinn. Tippt ganz cool mit seinem Bein nach oben und haut dem Typen seine Camelboots ums Fressbrett. Das sieht einfach irre aus. Fast so wie bei Bruce Lee oder Jean Claude van Damme.

Jetzt fallen dem Mistkerl zwei Zähne aus dem Gesicht. Er sieht fassungslos auf Sascha hinunter, überlegt wohl, ob er's noch mal versuchen soll. Lässt es aber sein und jagt nun dem anderen Typen hinterher. Um uns herum hat sich so was wie ein Pit gebildet. Das ist ein Ring, in dem widerliche Kotztypen ihre Hunde kämpfen lassen. Eine Menge Leute stehen schon da und sehen in aller Ruhe zu. Erst als Stallone fragt: »Ist was?«, verziehen sich die meisten.

Sascha setzt sich jetzt auch hin. Neben mich. Er bibbert

am ganzen Körper. Es schüttelt ihn so sehr, dass Stallone fragt: »Hast du Schüttelfrost?«

Sascha schüttelt den Kopf. »Angst«, bibbert er. »Ich bin irgendwie falsch konstruiert. Bei mir ist die Angst hinterher immer größer als vorher. Und da ist sie schon groß genug.«

»Ein mutiger Angsthase«, sagt Stallone bewundernd. »Was es nicht alles gibt. Übrigens, war das eben Jiu-Jitsu?«

»Karate«, erklärt Sascha noch immer zähneklappernd. »Omelett wollte, dass ich es lerne, damit ich mit meiner Angst fertig werden kann.«

»Und, bist du?«, frage ich gespannt.

Sascha winkt ab: »Mit solchen Typen werde ich fertig, aber nicht mit meiner Angst.«

Ich ziehe erst mich, dann Sascha auf die Beine. Mann, bin ich froh, dass mich die zwei gerettet haben. Ich sehe nach Benito und Clara. Doch die sind verschwunden.

»Ich glaube, du musst zurück in den Zug«, sagt Stallone zu Sascha und beginnt ihn abzuklopfen.

»Und du?«, fragt Sascha.

»Ich nicht.« Stallone grinst. »Ich will nach Hundertach.«

»Du auch?«, frage ich erstaunt.

»Ich auch«, sagt Stallone und grinst sympathisch.

»Und was willst du dort?«

Stallone zuckt die Schultern. »Dort soll man billig leben können, habe ich gehört. Fast ohne Geld. Ich habe zurzeit nämlich nicht viel.«

Sascha schüttelt noch immer bibbernd den Kopf. »Seht mal dort rüber, die Typen sind noch da. Was meinst du, passiert mit dir und Antonio, wenn ich weg bin? Ich steige mit euch aus.«

»Ein total mutiger Angsthase«, sagt Stallone noch einmal bewundernd. »Aber ich fürchte, dein Vater wird den Mut verlieren, wenn er hört, dass du nicht angekommen bist.«

»Er wird ihn wieder finden.« Sascha sieht cool in der Gegend umher. Dann läuft er mit Stallone zum Zug, um seine Sachen zu holen. Und wirklich schieben sich die beiden Kreaturen sofort näher. Als Sascha und Stallone zurückkommen, sind sie mir schon ziemlich nahe gekommen, verschwinden aber jetzt wie die Krokodile im Sumpf.

In diesem Augenblick fahren Jes und No endlich vor. Sie sitzen im Wagen von Artur, unserem Förster, und fegen jetzt wie El Niño, der berühmte Tornado, auf mich los. Natürlich sehen sie sofort an meiner Nase und dem zugeschwollenen Auge, dass was gelaufen ist. Und wie es ihre Art ist, nimmt Tante No gelassen meine Nase in Pflege und Jes hat schon ein weißes Tuch in der Hand, mit dem sie mir das Auge wischt.

»Ob er uns überhaupt noch sehen kann?«, fragt Jes und jeder weiß nun, warum ich ihnen diese Namen gegeben habe. Jes und No sind Zwillinge, die sehr viele Gemeinsamkeiten haben. Auch ein leichtes Kopfwackeln. Doch während meine Großmutter Jessica ein nickendes Wackeln bevorzugt, schüttelt Nora, meine Tante, unentwegt den Kopf, sodass sich Jes im Zustand der unaufhörlichen Bejahung befindet, während No die energische Verneinung pflegt. Meine Großmutter Jes ist immer für etwas und meine Tante No stets dagegen. Jes ist Juve-Fan. No steht auf Bayern München.

»Uns jedenfalls sähe er bald nicht mehr«, sagt No, »wenn es nicht gewisse Hilfsmittel gäbe.« Sie holt ihr silbernes Zigarettenetui aus der Tasche und presst es gegen die Beule über meinem Auge.

»Das hier sind Sascha und äh, Stallone«, stelle ich die beiden vor.

»Sehr erfreut, Sascha«, sagt meine Großmutter. Und dann sagt sie noch: »Sehr erfreut, Herr Stallone.«

»Mein Name ist Jens«, sagt Stallone jetzt höflich. »Alfred Jens.«

»Sehr erfreut, Herr Jens«, sagt Jes noch einmal.

No aber ziemlich ätzend: »Kein Grund zur Freude, Leute kennen zu lernen, die so etwas zulassen.«

»Haben sie doch gar nicht, Tante No«, sage ich. »Ohne die beiden wäre ich jetzt Hundefutter.«

Jes tupft weiter mein Auge und sagt, wie immer, etwas wehmütig zu No: »Er ist schon wieder gewachsen.«

»Keinen Zentimeter.« No schüttelt kräftig. »Er ist noch der gleiche Zwerg wie beim letzten Mal.«

»Genau sieben Zentimeter, Tante No«, sage ich. »Du brauchst langsam 'ne Brille.«

Jes mustert eingehend Sascha und Stallone. »Ich finde es großartig, dass Sie meinem Enkel beigestanden haben. Wenn ich was für Sie tun kann?«

»Können Sie.« Stallone grinst höflich. »Uns mitnehmen nach Hundertach.«

»Dann können wir ja aufbrechen«, schlägt Jes vor. »Artur wird gleich zurückkommen. Er hat etwas im Bahnhof zu erledigen. Wir werden aber nicht alle in seinen Wagen passen.«

»Julio, unser Wirt, ist auch im Ort«, sagt No. »Bestimmt nimmt der Herrn Jens mit. Was wollen Sie denn in Hundertach? Urlaub machen?«

Stallone lacht. »Als Arbeitsloser hat man immer Urlaub. Ich will ein wenig bergsteigen.«

»Dort kommt Julio«, sagt Jes eifrig. »Wir werden ihn fragen.«

Wir verlassen den Bahnhof und Julio, der Wirt, ein Mann von 35 Jahren, steht nun vor uns. Er grinst über das ganze Gesicht und ruft: »Hey, Antonio. Alter Waldläufer. Das muss gefeiert werden.«

Jetzt fragt Jessica: »Hast du noch ein Zimmer frei in deinem Etablissement?«

»Für Antonio?«, ruft Julio gut gelaunt. »Eine ganze Etage.«

»Dieser Mann«, sagt er bedeutsam zu Sascha und Stallone, »ist der Stolz von Hundertach. Er wird es weit bringen. Unser Dorf wird eines Tages seinen Namen tragen. Da bin ich ganz sicher.«

Sascha sieht mich ehrfürchtig an. Stallone aber grinst.

»Fällt auch ein Zimmer für mich ab? Es muss nicht groß sein. Und auch nicht teuer.«

Julio zuckt die Schultern. »Gäste, die billige Zimmer haben wollen, werden dann meistens sehr teuer. Sie können oft nicht bezahlen.«

»Ich zahle im Voraus.« Stallone zieht schon sein Portemonnaie.

Julio zögert noch immer.

»Merkwürdig«, sagt No, »ein Hotelier, der ewig über Gästemangel klagt. Nimm ihn gefälligst auf.«

Julio hat irgendwelche Probleme, das sieht man. Es fällt ihm schwer, Ja zu sagen.

No wundert sich immer mehr. »Ich glaube fast, du hast was gegen mich.«

»Was könnte ich gegen dich haben, Nora?« Julio hebt dramatisch die Arme zum Himmel. »Was meinst du, warum ich noch immer Junggeselle bin?«

No lacht schallend und steckt sich eine Zigarette an. »Kann auch heißen, wer mich kennt, dem vergeht das Heiraten.«

Julio lacht ebenso amüsiert wie No. Er hebt die Hand zum Schwur und sagt: »Schon mein seliger Vater hat gesagt: ›Nimm dir Nora. Was sind schon 35 Jahre Altersunterschied?‹« Er winkt Stallone zu. Der packt sofort seine Reisetasche in den Landrover Julios.

Jetzt kommt auch Artur, der Förster, aus dem Bahnhof. Er begrüßt erst uns, dann Julio auf das Herzlichste. Die beiden mögen sich, sind eingefleischte Junggesellen und sehr enge Freunde. Wenn die Kneipe geschlossen ist, findet man Julio bestimmt im Forsthaus. Und wenn der Förster frei hat, ist er ziemlich sicher bei Julio. Artur winkt uns rüber zu seinem Wagen. Der Vordersitz, auf dem sonst immer ich sitze, ist besetzt von Arturs Rauhaardackel Jonas. Er blinzelt mir müde zu, brummt wie immer irgendetwas Beleidigendes vor sich hin und rückt zur Seite.

Artur startet und sagt dann: »Gratuliere, Antonio!«

»Zu den Ferien?«, frage ich.

»Zu der Nase und dem dicken Auge. Wo hast du dir die denn eingehandelt?«

Ich erzähle die Sache mit Benito, seiner Hündin und den beiden Typen und vergesse nicht, Saschas coole Beinarbeit zu erwähnen, mit der er mich gerettet hat.

Jes und No sind hingerissen und sagen immerzu: »Was für heldenhafte Jungs.«

Artur aber wird plötzlich giftig: »Für diesen Kurpfuscher sollte man nichts riskieren. Was hatte er denn mit diesen Figuren zu schaffen?«

»Er ist kein Kurpfuscher«, sage ich.

»Und was für einer.« Artur schlägt ärgerlich aufs Lenkrad. »Und ein Wilderer ist er obendrein. Ich möchte nicht wissen, wie viele Hasen, Welschböcke und Vögel für seine Zaubertränke und Pulver schon dran glauben mussten.«

»Das kannst du nicht beweisen.« Jes schüttelt den Kopf.

»Wenn ich es beweisen könnte, wäre der Kerl schon längst aus dem Verkehr gezogen.«

»Du bist ungerecht«, sagt Jes. »Und in letzter Zeit so biestig. Was ist nur los mit dir? Als Förster sollte man nicht nur die Tiere lieben. Auch Menschen haben Anspruch darauf.«

»Vielleicht soll ich diesen Scharlatan auch noch lieben«, knirscht der Förster. »Er bringt nicht nur meine Tiere um, meinen Vater hat er auch auf dem Gewissen.«

»Hat er nicht«, sagen Jes und No wie aus einem Mund. »Dein Vater weigerte sich zum Arzt zu gehen.«

»Er wurde von Benito mit Hasengalle behandelt. Ratet mal, woher er die hatte.«

»Worum tut es dir denn Leid?«, fragt No. »Um deinen Vater oder den Hasen? Deinem Vater war nicht mehr zu helfen. Er hatte aber, was allen, auch den Ärzten, ein Rätsel ist, keinerlei Schmerzen. Wahrscheinlich durch Benito. Deshalb könntest du ihm den Hasen, wenn er denn gewildert war, verzeihen.«

Der Förster antwortet nicht mehr und so fahren wir schweigend hinein ins Gebirge. Hinauf zu den hohen Bergen, in die weiten, tiefen Wälder zu meinem Dorf Hundertach.

Nach etwa einer Stunde kommen wir oben an. Die Sonne ist hinter dem Großen Wächter untergegangen, die Kirche gerade aus und die Leute laufen in kleinen Gruppen den Kirchberg herunter.

Plötzlich sagt No: »Artur, dort kommt Anselma.«

Der Förster sieht sich nach allen Seiten um, als ob er einen Fluchtweg sucht, und sagt dann: »Zu spät. Ich entkomm ihr nicht mehr.«

Ich kenne die alte Anselma gut. Sie ist etwas wunderlich, wie viele hier oben, aber wirklich lieb und manchmal auch witzig.

Sie läuft eilig auf den Förster los und ruft schon von weitem: »Sag mir, wo sie liegt.«

Artur schüttelt den Kopf. »Ich weiß nicht, wo deine Katze ist.«

»Du hast sie erschossen, gib es zu!« Anselma beginnt auf

einmal laut zu weinen. »Weil sie hinter einem Hasen oder Vogel her war.«

»Ich habe sie nicht erschossen, Anselma«, sagt der Förster. »Ich habe noch nie auf ein Tier aus dem Dorf geschossen, obwohl sich genug davon im Wald umhertreiben und großen Schaden anrichten.«

»Den Mastino des Lehrers hast du auch erschossen«, sagt Anselma anklagend. »Das weiß ich ganz genau.«

»Weil er von einem tollwütigen Fuchs gebissen worden war, das habe ich dir schon hundertmal gesagt«, erwidert der Förster geduldig. »Der Lehrer hat mich selbst darum gebeten. Im Interesse von uns allen.«

»Meine Katze war Christin«, sagt Anselma feierlich und ruft: »Pater Dominic, kommen Sie doch mal!« Der Pater hat aber keine Zeit, winkt nur herüber und redet weiter auf ein paar kleine Jungen ein, die sicher etwas ausgefressen haben. »Meine Katze war Christin«, wiederholt Anselma. »Der Pater hatte gerade die Olga von Bernardis getauft und da habe ich ihn gebeten auch ein paar Tropfen auf meine Guiletta zu geben. Er hat es getan. Deshalb war sie auch so ein frommes Tier.«

»Was heißt denn war, Anselma?«, sagt jetzt meine Tante No. »Sie kommt bestimmt wieder. Hat vielleicht einen Liebsten gefunden und streift ein bisschen durch die Wälder.«

»Wir haben neuerdings sogar Wildkatzen hier oben, Anselma«, erklärt ihr Artur. »Aus Slowenien eingewandert. Es sind mächtige Kater dabei, in die sich deine Guiletta bestimmt verliebt hat.«

Anselma schüttelt trostlos den Kopf. »Tote Katzen können nicht lieben. Ich weiß es. Und der Förster weiß es auch.«

»Ich weiß es nicht, Anselma«, sagt der Förster, jetzt schon ziemlich wütend.

»Der Hund des Frisörs ist auch verschwunden«, erklärt die alte Frau unbeirrt. »Du hast erst neulich gesagt, wenn du ihn mal im Wald erwischst, ist er dran. Der Perserkater vom Doktor und der zahme Waschbär des Apothekers. Alle verschwunden. Wie meine Guiletta. Gott wird dich strafen für diese Sünde.«

Sie lässt uns stehen, rennt nun weiter und beginnt die Leute aus der Kirche nach ihrer christlichen Katze zu fragen. Niemand weiß etwas und fast jeder, das ist offensichtlich, verdächtigt den Förster.

Wir sind endlich zu Hause angekommen. Sascha hat sofort ein langes Telefongespräch mit Omelett und seiner Tante Julia geführt.

Zuerst hörte es sich an, als ob er wieder wegfahren müsste. Omelett hat so getobt und geschrien, dass wir in der Küche jedes Wort verstehen konnten. Sascha ist total blass geworden und hat vor Schreck zweimal den Hörer fallen lassen. Dann hat No die Sache in die Hand genommen und Omelett mitgeteilt, dass sie das Rezept zu einem Pfifferling-Käse-Omelett besitze. Sie würde es Sascha mitgeben, nach den Ferien. Da war Omelett endlich überzeugt, dass Sascha richtig bei uns ist.

Eben ist auch Stallone eingeflogen. Er hat ein Zimmer bei Julio bezogen und findet es nicht schlecht. Er hat sofort einen guten Draht zu meinen Frauen und schaufelt jetzt Kuchen rein. Dabei erzählt er, was wir schon lange wissen, dass Julio ein prima Kerl ist. Der könne ihm vielleicht sogar Arbeit besorgen. Und Karten werden die beiden auch zusammen spielen. Stallone ist happy. »Ein armer Schlucker«, sagt er, »muss doch auch mal Glück haben.«

»Arme Schlucker spielen keine Karten«, sagt No strafend.

»Bei Julio wird immer hoch gepokert. Er ist ein Hasardeur, der bestimmt mal alles verlieren wird.«

»Ich habe nichts zu verlieren.« Stallone grinst und holt das nächste Stück Kuchen rüber. Es gibt Nos Johannisbeertorte. Einfach sagenhaft. Alle schaufeln, dass sich die Gabeln biegen. Nur Artur, der Förster, sitzt da und stiert vor sich hin.

»Nimm es dir doch nicht so zu Herzen, mein Junge«, sagt No schließlich. »Wir wissen doch, dass du kein schießwütiger Grünrock bist.«

»Ihr wisst es«, sagt Artur seufzend. »Aber die Leute im Dorf schlagen einen immer größeren Bogen um mich. Als ob ich die Pest hätte.«

»Den schlagen sie um jede Uniform.« Jes lächelt sanft. »Und das hat seine Gründe. Was Uniformen hier oben in den letzten fünfhundert Jahren angerichtet haben, weißt du doch.«

»Aber nicht die Förster«, sagt Artur wütend.

»Die Förster standen immer auf der anderen Seite«, erklärt No. »Wer hat den Leuten das Holzsammeln im Wald verboten nach dem Krieg, das Mähen auf den Waldlichtungen? Wer hat sie ins Zuchthaus gebracht wegen eines Hasen oder eines Rebhuhns?«

»Wenn man jeden Bäume fällen ließe und Hasen jagen, gibt es bald keine mehr«, sagt Artur wütend. »Von mir aus sollen sie weiter einen Bogen um mich schlagen.«

»Wollen wir nicht auch einen Bogen schlagen, auf ein Bier?«, schlägt Stallone dem Förster vor.

Der zögert. »Vorher muss ich aber noch mal ins Revier.«

»Das interessiert mich sehr«, sagt Stallone, »da komme ich doch glatt mit.«

»Wir kommen auch mit, Artur.« Ich gebe Sascha einen Stoß.

»Irrtum«, sagt No. »Erst wird einmal geschlafen.«

»Dann ein andermal, Freunde.« Stallone grinst mitfühlend. »Ich danke euch für diesen interessanten Tag.«

»Ihr habt eine Menge Zeit«, sagt No und schiebt uns jetzt zur Treppe ins Obergeschoss. »Übrigens, meine Herren, nach Einbruch der Dunkelheit habt ihr draußen nichts mehr zu suchen.«

»Wo leben wir denn?«, frage ich empört. »Ist das hier die Bronx oder Hundertach?«

No sieht mich merkwürdig an: »Bis jetzt verschwinden hier nur Tiere, Antonio. Aber das muss nicht so bleiben.«

»Also gut«, sage ich. »Verschwinden wir eben auch. Im Bett.«

In der Mansarde ist schon alles hergerichtet. Sascha legt sich sofort auf die Liege unter dem Fenster.

Ich schlafe in dem Bett, in dem Sarah schon als Kind geschlafen hat. Und irgendwie bilde ich mir ein, dass das Bett noch immer nach ihr riecht. Lieb und ein bisschen geheimnisvoll.

»Was ist eigentlich mit deiner Mutter, hast du überhaupt eine?«, frage ich Sascha.

»Die hat vor zwei Jahren die Fliege gemacht«, erklärt er mir und seufzt. »Sie konnte nicht mehr mit Omelett. Sie hat gesagt, dass es noch was anderes zwischen Mann und Frau gibt als Omeletts.«

Sascha hat nie gefragt, was es noch anderes gibt. Er kann sich's aber denken. Und dann hat sie noch gesagt, dass sie Sascha bei Omelett lassen wird, weil der eine bessere Mutter ist als sie.

»Scheint ja eine tolle Nummer zu sein, deine Mutter«, sage

ich zu Sascha. Und er fragt mich, wie das mit meiner Mutter ist.

»Total cool und lieb«, erkläre ich ihm. Und dann erzähle ich ihm, wie das mit dem Typen war, der mich in diese Welt gesetzt hat. Auf Sarahs Wunsch hin. Ich bin gerade an der Stelle angelangt, wo Sarah den Typen, der ihr schon lange gefallen hat, fragt, ob er an einer interessanten Zeugung teilnehmen möchte, da höre ich tiefes Röcheln. Ich sehe zu Sascha rüber. Und was macht der Mensch? Er liegt mit offenem Mund da und pennt. Und weil mir nichts Besseres einfällt, schlafe ich auch.

Ebenso schnell bin ich auch wieder wach. Einen Augenblick weiß ich nicht, wo ich überhaupt bin. Doch dann sehe ich am Fenster meinen Freund Sascha. Er steht kerzengerade da wie eine Pinie und sieht zum Großen Wächter rüber. Hinter dem geht eben die Sonne auf. So einen goldroten Ball gibt es nur hier. Wenn ich zu Hause an Hundertach denke, fällt mir immer als Erstes diese Sonne ein. Sie läuft jetzt langsam die Schneefelder des Berges entlang, über die riesigen tiefblauen Enzianteppiche, bis sie im Dorf angekommen ist. Sascha bibbert in seinem Schlafanzug am Fenster. »Wahnsinn«, sagt er. »Ich werde hier noch zum Naturfreak, da möchte ich wetten.«

»Ich bin es schon ewig«, erkläre ich und gähne.

Sascha schluckt so heftig, dass es richtig knallt in seinem Kehlkopf, und sieht sich im Zimmer nach etwas Trinkbarem um.

»Ich bin so durstig, als ob ich eine Staubwolke verschluckt hätte.«

Ich hole aus unserer Vorratskammer in der Zwischenetage eine Flasche selbst gepressten Apfelsaft und stelle sie ihm hin. Er setzt an und trinkt lange. Erst als ihm die Augen fast vor dem Schädel stehen, hört er auf. Dann rülpst er glücklich, sagt aber sofort: »Entschuldige bitte, Antonio.«

»Das entschuldige ich. Aber was du heute Nacht abgelassen hast, ist unentschuldbar.«

Ich mache ihm jetzt vor, wie grauenvoll er geschnarcht hat. »Ohms, krr, ohms, krr, öh, öh, öh. Lenhard, der Schäfer, die Herde und ich haben mal oben an der hängenden Wand übernachtet. Das gleiche Geräusch habe ich die ganze Nacht dort gehört. Weißt du, was das war?«

Sascha nickt. »Wildschweine.«

»So hast du dich heute Nacht auch angehört«, zische ich ihm zu.

Er nickt schuldbewusst und seufzt schwer.

»Du hast mein zweites, unheilbares Leiden gehört, heute Nacht. Ich werde es wohl bis aufs Totenbett nicht wieder los.«

»Und welches ist dein erstes Leiden?«, frage ich interessiert. Er seufzt wieder, diesmal noch tiefer. Dann zeigt er mir seinen rechten äußeren Handwurzelknochen. »Ist dir denn noch gar nichts aufgefallen, Mann?«

»Schon gestern im Zug«, sage ich erstaunt. »Dieses Ding da. Es ist etwas länger als der andere Handknochen und sieht aus wie ein Hütchen. Stört dich das überhaupt?«

Sascha nickt bekümmert. »Und wie.«

»Ich kann mir wirklich nicht erklären, wobei so ein paar Millimeter Knochen stören können.«

»Bei der Liebe«, sagt Sascha. »Ohne dieses Ding hier hätte ich eine sagenhafte Frau.«

»Eine Frau?« Ich raffe es nicht. »Wer braucht denn so was, Mann?«

»Ich.« Sascha sieht noch immer zum Fenster raus.

»Wozu denn?«, frage ich erledigt.

»Sie sieht unheimlich schön aus«, erklärt Sascha. »Ob du es glaubst oder nicht. Ich habe eine ganze Woche nicht schlafen können, weil ich nur an sie denken musste.«

»Und sie? Hat sie auch nicht geschlafen und an dich gedacht?«

Sascha schüttelt den Kopf. »Sie hat gedacht, aber nicht an mich, sondern an das Ding hier.«

»Die Braut soll doch froh sein, so was wie dich zu kriegen. Ich raffe das nicht. Ein Typ wie du, der Karate kann und auch so nicht doof ist. Was hat sie denn gegen dich?«

»Nichts gegen mich«, sagt Sascha feierlich. »Gegen den Oktopus.«

»Gegen wen?«

»Gegen den Oktopus«, wiederholt Sascha. »Das Ding hier«, wieder tippt er auf den Handwurzelknochen, »sieht aus wie ein Saugnapf. Und so was haben nur die Tintenfische.«

»Die Braut ist doch bescheuert.«

Sascha nickt. »Total. Aber ich würde sie auch bescheuert nehmen.«

»Und sie würde dich auch nehmen?«

»Klar. Aber nur ohne den Saugnapf. Es dauert nur leider noch mindestens zehn Jahre, bis ein Arzt drangeht, wegen dem Wachstum. Und in zehn Jahren«, Sascha schüttelt den Kopf, »da brauche ich keine Braut mehr.«

»Lass mich überlegen, Mann.« Ich schließe die Augen, um besser nachdenken zu können. Horche dabei nach unten, wie weit meine beiden mit dem Frühstück sind. Es riecht noch nicht nach frischen Brötchen. Also dauert es noch mindestens eine halbe Stunde.

»Ich bin in deiner Schuld«, sage ich zu Sascha. »Stelle also keine Fragen und komm mit.«

Er stellt aber doch schon wieder eine Frage: »Wieso bist du in meiner Schuld?«

»Ohne dich hätte mich der Typ gestern allegemacht«, erkläre ich.

»Und ohne dich hätten wir den Zug nicht mehr bekommen.« Sascha zieht schon wieder seine Schlafanzughose hoch.

»Ein verlorener Zug ist nichts gegen eine verlorene Nase. Die wär ich gestern hundertprozentig losgeworden.«

»Sind wir jetzt Freunde oder nicht?« Sascha stöhnt erbärmlich und greift schon wieder nach der Apfelsaftflasche.

Ich aber ziehe schweigend los, und er in Pyjama und Pantoffeln hinterher.

Wir nehmen Route 19. Über den Balkon, an Nos Pfirsichspalier runter, dann durch den Nachbargarten. Marquards zahmer Kranich Winston beginnt wie immer mörderisch zu lärmen und senkt gehässig den Kopf.

»Bleib mir bloß vom Leib, Winston«, rufe ich und sehe mich nach einem Stock zur Abwehr um.

»Und ihr bleibt mir aus meinem Garten«, gackert jetzt Ottilie Marquard. Dann befiehlt sie mit Kommandostimme: »Fass die Kerle, Winston.«

Während Sascha schon wieder zu bibbern beginnt und hektisch an seiner Hose zerrt, höre ich den alten Marquard beruhigend sagen: »Antonio hat Durchquerungsrechte, Ottilie.«

»Antonio schon«, krakeelt das alte Gespenst. »Aber nicht der andere Kümmerling. Fass ihn, Winston!«

Der Kranich flattert tatsächlich los, traut sich aber dann doch nicht heran und klappert nur aus sicherer Entfernung. Ich bin heilfroh, denn Winston hat mich schon so manches Mal mit einem Schnabelhieb erwischt, und das tut höllisch weh. Marquards Garten liegt endlich hinter uns.

»Wo willst du eigentlich hin?«, fragt Sascha nervös.

»Zur Frühmesse, wohin sonst?«, höre ich jetzt die Stimme von Pater Dominic. Er kommt des Weges, hat sein Gottesdienstgesicht aufgesetzt und sieht uns fröhlich an.

»Noch nicht einmal Zeit euch für die Predigt umzuziehen. So eilig hattet ihr es, in das Haus des Herrn zu kommen?« Er schnalzt anerkennend mit der Zunge. »Nur leider, die heilige Messe ist gerade vorbei.«

Ich ziehe ein enttäuschtes Gesicht und auch Sascha sagt betroffen: »Mist, verdammter.«

Der Pater sieht uns verdattert an, freut sich aber und sagt tröstend: »Es war ja nicht die letzte Messe. Kommt heute Abend oder morgen.«

»Wir kommen«, sage ich und schiebe Sascha vor mir her. Auch der Pater geht seiner Wege. Nicht ohne uns noch einmal zuzulächeln.

Endlich sehen wir Benitos Hof. Er bewohnt ein altes, schönes Bauernhaus mit einem mächtigen Dach. Es sitzt über dem Haus wie eine große Henne auf den Eiern. Vor den Fenstern hängen Kräuterbündel. An dem Tor zum Speicher schaukeln Vogelhäuser, daneben Drudenfüße und andere Amulette. Ich klopfe vorsichtig an Benitos Tür. Sofort schlägt die Hündin Clara an, dann öffnet auch schon Benito die Tür. Er sieht uns einen Augenblick schweigend an und sagt dann: »Kommt rein.«

Wir folgen ihm durch eine lange dunkle Diele, in der es stark nach Kräutern riecht, in die Küche. Dort hängen Gefäße aus Kupfer, Zinn und Glas an den Wänden. Überall stehen Fläschchen und sonstiges merkwürdiges Gerät herum. Ein langer Tisch mit ebenso langen Bänken befindet sich in der Mitte des großen Raumes. Auf ihm ein Teller mit Brot, Käse, Äpfeln und einem Rotweinglas. Daneben, auf dem Tisch, steht Claras Hundenapf. Sie ist wieder auf die Bank gehüpft und setzt ihr unterbrochenes Frühstück fort.

»Ich schäme mich, Antonio«, sagt Benito unvermutet und wiegt verzweifelt den Kopf.

»Warum denn?«

»Wegen meines Alters«, sagt er, »und für meine Feigheit gestern. Aber du wirst es eines Tages selber erleben. Angst und Alter, das ist fast dasselbe. Die Jahre kommen und der Mut geht.« Er winkt ab, verzweifelt und hoffnungslos.

Ich winke auch ab. »Jeder hier weiß doch, dass du nicht feige bist, Benito. Beim Zähneziehen sowieso nicht, und bei all den anderen Heilungen, die du schon gemacht hast, auch nicht.«

»Ich bin alt und feige, Antonio«, sagt Benito traurig.

»Vielleicht nur ein bisschen mutlos«, erwidert Sascha ernsthaft. »So was kenne ich auch. Schon ewig. Seit meiner Geburt.«

Unser Zuspruch scheint Benito gut zu tun. Er sieht auf einmal richtig erfreut in der Küche umher und fragt schließlich: »Was kann ich denn für euch tun?«

Ich schnappe mir Saschas Hand und halte sie ihm hin. »Kannst du dagegen was machen?«

Benito putzt umständlich seine Brille und sieht dann lange und konzentriert auf Saschas Saugnapf. Er drückt ein paarmal daran herum und fragt Sascha schließlich: »Warum willst du es denn weghaben?«

»Wegen der Liebe«, erkläre ich an Saschas Stelle. »Die Braut hält ihn wegen diesem Knöllchen für einen Tintenfisch.«

Benito nickt verstehend. So, als ob es ganz normal sei, dass jeden Tag ein Oktopus zur Behandlung zu ihm kommt. Jetzt beginnt er mit beiden Daumen auf dem Saugnapf rumzureiben. Ganz langsam und ganz sachte massiert er auf dem Knöchel hin und her. Dabei bewegt er seine Lippen und murmelt leise vor sich hin.

Sascha trippelt nervös. »Mann, das zuckt ja da drin.« Er starrt erschrocken auf den Unterarm.

Benito nickt. »Es wehrt sich heftig und würde gerne bei dir bleiben.«

»Was wehrt sich?«, frage ich erstaunt.

»Das Ding«, erklärt Benito und beginnt noch stärker zu massieren.

»Es wird heiß!«, schreit Sascha plötzlich auf. »Da kann ich den Arm doch gleich auf die Herdplatte legen.«

Er versucht Benito seinen Arm zu entziehen. Doch der Alte hält ihn eisern fest.

»Willst du von dem Ding befreit werden oder nicht?«, fragt er ungehalten. Sascha bibbert, nickt aber entschlossen. Benito massiert und murmelt weiter. Sascha aber zappelt wie ein Aal. Endlich ist Benito fertig. Er geht nach nebenan, holt Verbandszeug und eine kräftig riechende Salbe. Die streicht er auf die feuerrote Stelle und legt eine dicke Binde drum.

»In ein paar Tagen bist du es los«, sagt er und nickt Sascha zu.

»Wirklich?«, fragt mein Freund.

Benito nickt erneut, setzt sich wieder zum Frühstück. »Heute musst du aber zu Hause bleiben und Ruhe halten.«

»Warum?« Ich bin enttäuscht. Der erste Tag in Hundertach ist immer der schönste. Alle warten schon auf mich. Lenhard, die Herde, all meine Freunde im Dorf. Ich aber werde nicht kommen.

»Das Ding wehrt sich«, wiederholt Benito ernst. »Dein Freund braucht seine Energie, um damit fertig zu werden. Wenn ihr euch draußen rumtreibt, verliert er den Kampf.«

»Wir bleiben zu Hause«, sage ich entschlossen. Benito nickt ernsthaft und frühstückt jetzt weiter. Ich will ihn noch nach gestern fragen, was die Typen auf dem Bahnhof von ihm wollten. Ich sehe aber, dass der Alte seine Ruhe haben will, und schiebe Sascha aus der Tür.

Wir kommen auf der Route 19 gut zurück und gerade noch rechtzeitig zum Frühstück. Natürlich fällt den beiden Saschas Binde sofort auf. Doch weil wir nichts dazu sagen, wird auch nicht danach gefragt. So sind sie, meine coolen Frauen. Sie fragen nur, ob es uns schmeckt. Das nun wieder hätten sie gar nicht fragen müssen. Die Brombeermarmelade haut einen aus den Schuhen. Und der Schinken, meine Güte. Einen Augenblick befürchte ich, der dünne Mensch mit seiner Binde an der Hand verliert den Verstand, so haut er rein.

»So was«, keucht er zwischen zwei riesigen Scheiben, »habe ich noch nie gegessen.«

»Und ich habe so was noch nie gesehen«, erkläre ich.

Das aber stört ihn nicht. Er futtert weiter. Mir ist es absolut recht und meinen beiden auch. Sie sehen Sascha zufrieden zu. Nach dem Frühstück zeige ich dem Typen das ganze Haus, vom Boden bis zum Keller. Bei der Speisekammer wird begonnen. In ihr hält sich Sascha am längsten auf.

Dann kommen meine Verstecke mit den ganzen Schätzen dran. Es sind sagenhaft wertvolle Sachen dabei. Ein echter Silberbrocken, bunte Scherben, geschnitzte, uralte Holzstücke. Alles ist aus dem Gelben Licht, einem Bergsee in der Nähe des Hassfeldes, ans Ufer geschwemmt worden. Ich habe es selbst dort aufgelesen. Zwei alte Dollarnoten aus dem Jahre 1943 habe ich im letzten Jahr dort auch gefunden. Sie kamen plötzlich angeschwommen. Sascha ist hin und weg und würde am liebsten sofort zum Gelben Licht aufbrechen.

»Vielleicht wird man dort reich?«, fragt er hoffnungsvoll.

»Alles zu seiner Zeit, Mann«, sage ich. »Und alles, wenn du mit dem Ding an deinem Arm fertig geworden bist.«

»Ich glaube, ich bin schon damit fertig«, sagt er und äugt jetzt vorsichtig unter die Binde. »Das Brennen hat aufgehört.«

Doch gleich zieht er wieder ein enttäuschtes Gesicht. »Es ist noch da«, verkündet er. Verbittert schiebt er sich eines von Jessicas Ingwerplätzchen rein.

So vergeht der Tag. Im Nu ist der Abend herangekommen. Jes und No waren hocherfreut, dass wir den ganzen Tag zu Hause geblieben sind, und stellen allerlei tolle Sachen für uns hin. Nos französisches Birnenkompott, dazu das berühmte Pücklereis von Jes, zu dem man immer nur eines sagen kann: »Oh Jes, oh Jes.« Dann spielen wir Monopoli und verlieren haushoch gegen Jes und No, was meine beiden sehr freut und mich auch. Nur Sascha ist verärgert. Gegen Omelett gewinnt er angeblich immer. Nach dem Abendessen sitzen wir noch ein wenig auf der Veranda und sehen raus in die Nacht.

»Das war aber wirklich mal ein wundervoller Tag«, sagt Jes. »Man hat Besuch und er ist auch da.«

No aber not schon wieder. »Sie sind zwar da, doch eigentlich schon ganz woanders.«

»Im Bett.« Ich gähne schrecklich und stehe auf. Auch Sascha dreht sich von seinem Stuhl hoch.

»Danke«, sagte er zu Jes und No. Er hält ihnen sogar die verbundene Hand hin und meine beiden schlagen ein.

»Wir danken auch für eure Gesellschaft.« Jes lächelt vornehm.

No aber erklärt: »Für solche Gesellschaft bedanke ich mich wirklich.«

»Ich mich auch«, sage ich und drücke meine gute alte No richtig ab. Sie drückt zurück und fängt an den Verandatisch abzuräumen.

Auch in meiner zweiten Nacht in Hundertach schläft Sascha vor mir ein. Ich aber kann wieder mal nicht schlafen. Ich muss an all die Leute denken, an Benito, Anselma, an die Tiere, besonders aber an meine beiden. Es ist echt herrlich, solche Frauen zu haben. Ich habe mich schon oft gefragt, warum Leute wie Jes und No kein Problem damit haben, gut zu sein, während andere nur aus Biestigkeit und Gemeinheit zu bestehen scheinen. Ich habe meine beiden schon mal danach gefragt. Während Jes gesagt hat: »Das ist im Leben halt so, Antonio«, hat mir No erklärt: »Güte muss man sich leisten können, mein Sohn. Gemeinheit ist sehr viel billiger zu haben.«

Dann schlafe ich doch ein. Ich wache aber, so kommt es mir jedenfalls vor, bald wieder auf. Ich schwitze ziemlich und erschrecke, denn am Fenster steht eine Gestalt. Es ist mein Freund Sascha. Er sieht, dass ich wach bin, und winkt mich rüber ans Fenster.

Der Mond steht oben auf der Hochebene. Genau über dem Hassfeld. Sascha bibbert wieder mal wie Espenlaub.

»Hast du Angst vor dem Mond?«, frage ich ihn.

Sascha schüttelt den Kopf. »Nee, aber vor den Augen dort oben.«

»Was für Augen?«, frage ich.

Sascha deutet zum Wald. »Fast eine Stunde lang beobachte ich die schon.« Und jetzt sehe ich sie auch. Oben am Hassfeld. Gar nicht weit vom Haus des Schäfers. In der Höhe der Satanseiche kreisen gewaltige feurige Augen. Sie glotzen unheimlich über die Ebene, leuchten auf, verlöschen wieder und glotzen an anderer Stelle neu. Ich merke, wie Sascha an meiner Seite bebt, und versuche mir eine harmlose Begründung einfallen zu lassen. Es fällt mir aber nichts ein.

»Wir könnten nachsehen, was dort oben läuft«, schlage ich ihm vor. »Der Tag ist vorbei, der Kampf gegen das Ding an deinem Arm auch und es wäre gut gegen deine Angst.«

»Gegen deine wohl nicht?«, murmelt er.

»Doch«, sage ich. »Wir nehmen diesmal Route 4.« Ich steige aus dem Fenster. Sascha folgt mir aufs Dach des Holzschuppens. Wir laufen geduckt das Dach entlang, springen dann auf den Kleintransporter der Firma Sinowatz, Kanalreinigungen, und von da aus auf die Erde. Sascha bleibt immer dicht hinter mir.

Über den Zaun geht es wie immer leicht. Dann durch den Berggarten von Poldi Voos, an der Voliere vorbei. Die kleinen, rot-grünen Blödmänner von Zwergpapageien beginnen sofort wie verrückt zu krächzen. Wir hören sie noch, als wir schon lange auf dem Weg sind, der hinauf zu Lenhards Grundstück führt. Es geht steil aufwärts. Wir sind jetzt schon im Hochwald. Und obwohl die Nächte hier oben im Gebirge nicht allzu warm sind, läuft mir der Schweiß in Strömen.

Endlich sind wir bei Lenhards Grundstück angelangt. Eine große tiefgrüne Wiese, die mit Felsen übersät ist und an ihrem westlichen Rand ganz plötzlich kahl wird, der Beginn des Hassfelds. Das Haus des Schäfers ist alt, ganz aus Holz, mit schweren Steinen auf dem Dach, damit es während der Winterstürme nicht fortfliegt. Im Haus ist es dunkel, die Fenster sind geöffnet. Man hört Lenhards Schnarchen.

Und noch etwas ist zu hören: das Schnaufen des Admirals. Plötzlich steht der große Kerl vor mir und begrüßt mich auf seine feine englische Art.

Er ist halb Engländer, halb Ire. Die eine Hälfte stammt von einer englischen Bulldogge, die anderen Teile sind von einem irischen Setter. Lenhard sagt immer, der Admiral könnte ein Weltmodell sein für alle Völker, die Probleme mit ihren Nachbarn haben. Besonders für die armen Iren, die noch immer keinen Frieden finden können.

Admiral Nelson springt mich freudig an und ich drücke seinen Kopf mit dem blinden Auge an mich.

»Antonio, lass uns lieber gehen«, sagt Sascha plötzlich, und auch ich habe das dringende Bedürfnis abzutauchen. Denn wir sehen jetzt wieder diese feuerroten Glotzen. Gar nicht weit entfernt von Lenhards Haus, vielleicht einen Kilometer oder etwas mehr. In der Mitte des Hassfeldes. Hier oben wirken diese Dinger noch grässlicher als von unten. Ich ziehe Sascha hastig vom Haus weg, rüber zu Lenhards Lämmerstall. Von dort kann man noch besser über das Hassfeld sehen. Der Mond liegt hell auf der Ebene. Sogar die Mauern der Habichtsburg unterhalb des Donnerberges sind zu sehen, so hell ist das alles. Und immer wieder dieses Flackern und Glotzen. Manchmal kommt ein grüner Schimmer hinzu, formt sich ein Gesicht, das in Sprüngen über die Ebene jagt.

»Hast du schon mal so was gesehen?«, fragt mich Sascha und ich schüttle den Kopf.

»Sagenhaft, dass so was hier oben abgeht«, sagt er plötzlich.

»Was meinst du?«

»Aliens«, murmelt Sascha. »In solchen einsamen Gegenden tauchen sie zuerst auf.«

Normalerweise lache ich über diese Geschichten. Aber jetzt bin ich lieber still. Mein Freund hat mich seit gestern schon einige Male verblüfft.

Wir hören plötzlich Schritte. Ich lege mich mit Sascha platt auf die Erde, obwohl das gar nicht nötig ist. Im Schatten des Lämmerstalls kann uns ohnehin niemand sehen. Die Schritte kommen immer näher und ein heftiges Keuchen ertönt. Sascha stößt mir jetzt so stark die Ellenbogen in die Rippen, dass ich nur mit Mühe einen Schmerzensschrei unterdrücke. Auf dem Weg vor uns, der runter ins Dorf führt, läuft der alte Benito. Er ist schwer beladen mit einem Tier, keucht heftig unter der Last und sieht sich dauernd um. Das Tier scheint tot zu sein, der Kopf mit zwei langen, wohlgeformten Hörnern hängt wie leblos über der Schulter des Alten. Hinten überm Hassfeld tanzen jetzt wieder die roten Augen. Der Tierkopf schaukelt auf Benitos Schulter hin und her. Es ist ein fürchterliches Bild. Der Alte keucht zum Erbarmen. Er versucht das Tier besser auf die Schulter zu nehmen. Es rutscht. Benito strauchelt und fängt sich wieder, stolpert erneut und stürzt. Mühsam rappelt er sich wieder auf, zieht das Tier zu sich hoch. Jetzt schlägt der Admiral an. Benito zögert einen Augenblick, lässt dann seine Last fallen und hetzt nun, wie von allen Teufeln gejagt, weiter den Weg entlang, bis wir ihn nicht mehr sehen.

»Der Förster hat Recht«, sage ich zu Sascha. »Es ist Benito, der hier Tiere fängt.«

Auf einmal stößt mich Sascha wieder heftig an und deutet rüber zum Ostrand des Grundstücks. Dort ist eine zweite Gestalt aufgetaucht. Sie steht da, riesig groß gegen den Horizont. Ich würde am liebsten aufschreien, lasse es aber, und auch Sascha wimmert nur unterdrückt. Zwei giftgrüne Lichtscheine tauchen auf, kreisrund, genau dort, wo sonst die Augen sitzen. Das Monster steht da, starrt auf die Ebene und rührt sich nicht.

»Ich hab's dir gesagt«, murmelt Sascha. »Ein Alien. Mann, das glaubt uns keiner.«

Ich aber glaube es und sehe wieder rüber zu dem Monster. Er steht noch immer da, grünliche Kreise an der Stelle, wo bei uns Menschen die Augen sitzen. Und jetzt geschieht noch etwas ganz Merkwürdiges. Das leblose Tier vor uns bewegt sich. Ein Zittern durchläuft seinen Körper. Es versucht mehrfach vergeblich auf die Beine zu kommen, fällt aber immer wieder hin. Endlich ist es geschafft. Es steht noch etwas taumelnd da und läuft schließlich los. Am Anfang noch etwas orientierungslos, dann aber zielstrebig. Der Admiral bellt immer heftiger. Das Tier wird immer schneller. Ich erkenne jetzt, dass Benito einen Welschbock geschleppt hat, ein sehr seltenes Tier, das es nur noch bei uns gibt. Jetzt geht bei Lenhard das Licht an. Der Alien dreht sich plötzlich um und ist gleich darauf hinter der Weißdornhecke neben Lenhards Wasserzisterne verschwunden.

Wir verschwinden auch und laufen den Weg zurück ins Dorf. Von Benito ist nichts mehr zu sehen. Auch das Bellen des Admirals lässt nach und ist bald nicht mehr zu hören. Nur die roten Augen über uns auf dem Hassfeld tanzen wieder. Der Einstieg ins Haus erfolgt dieses Mal über Route 3. Wir steigen an der Veranda hoch, laufen den Sims entlang zur Burg, so nennen Jes und No die Speisekammer, weil man sie vor mir verrammeln muss wie eine Burg. Das Fenster neben der Burg gehört zum WC. Es ist immer geöffnet. Dort steigen wir rein. Wir laufen auf Zehenspitzen den Flur entlang zur Treppe, die hoch zur Mansarde führt. Plötzlich, neben der Treppe, dort, wo der alte bunte Teppich hängt – etwas großes Weißes. Es bewegt sich leise auf uns zu. Schritt für Schritt kommt es näher. Sascha hinter mir klappert jetzt derart mit den Zähnen, dass man glauben könnte, es hagelt faustgroße Eisbrocken auf eine Garage mit Wellblechdach. Die Gestalt kommt näher, ich weiche langsam zurück, stoße an Sascha. Der bleibt plötzlich wie ein Stock stehen, macht leise: »Hu, ha, hä.« Dann kippt er um. Es poltert furchtbar.

Die weiße Gestalt macht auch »Hu«, aber wesentlich lauter. Sie schreit so, dass eine zweite weiße Gestalt auf den Flur kommt und nun ihrerseits »Hu« ruft. Dann geht das Licht an.

Vor uns steht meine Großmutter Jes, im Nachthemd, die Hand aufs Herz gepresst. Neben ihr meine Tante No, ebenfalls im Nachthemd. Hinter mir liegt Sascha am Boden und röchelt vor Entsetzen.

No schnauft empört. »Was habt ihr mitten in der Nacht hier unten zu suchen?«

»Nichts«, sage ich und trete mehrfach nach hinten aus, um Sascha zum Aufstehen zu bewegen. Er aber liegt auf den Dielen, klemmt die Augen zu und schnattert mit den Zähnen.

Jes wiederholt ihre Frage: »Was habt ihr hier unten zu suchen?«

Ich deute mit dem Daumen hinter mich. »Er ist mondsüchtig und wollte aufs Dach. Hab ihn grade noch zurückhalten können.«

»Bring diesen Süchtigen nach oben«, sagt Jes nun auch ärgerlich. »Wenn er noch ein einziges Mal in meinem Hause von solcher Sucht befallen wird, binden wir ihn ans Bett.«

Ich ziehe Sascha hoch. Er schielt verlegen zu Jes und No und murmelt: »Das ist immer so bei mir in der zweiten Nacht.«

»Dann brauchen wir ja keine Angst mehr vor der dritten zu haben«, murmelt No und geht zurück in ihr Zimmer.

»Träumt diesmal schöner, meine Lieben«, sagt Jes.

»Von Aliens und Monstern«, sage ich und gähne. Sascha sieht mich warnend an, sagt aber nichts und pennt auch sofort nach unserer Rückkehr ins Zimmer ein.

Es dauert nicht lange, dann schlafe ich auch wieder. Dennoch höre ich Sascha bald wieder rufen: »Hey, Antonio!«

Ich wache auf. Es ist heller Tag. »Wie viel Uhr ist es?«, frage ich müde.

»Schon neun vorbei«, sagt Sascha und ich renne ins Bad. Jes und No sitzen am gedeckten Frühstückstisch. Es steht alles da. Vom Spiegelei bis zum Schinken, vom Kuchen bis zur Konfitüre. Sascha haut rein, Eier, Wurst, Schweizer Käse. Ich esse auch.

»Der Schäfer lässt euch ausrichten«, sagt Jes, nachdem wir fertig sind, »er weidet heute an der hängenden Wand. Falls ihr Lust habt, könnt ihr dorthin kommen.«

»Ich könnte dir erst mal die Gegend zeigen«, schlage ich Sascha vor, »damit du weißt, was du wissen musst.«

No aber schüttelt mal wieder den Kopf. »Wenn ihr nicht mit Lenhard gehen wollt«, sagt sie knallhart, »bleibt ihr hier. Alleine treibt ihr euch nicht auf dem Hassfeld herum.«

Es ist schon fast Nachmittag, als wir endlich auf Lenhards Herde treffen.

Der Schäfer hat gerade eine Rast eingelegt, auf der Lichtung unterhalb des Kreuzbergplateaus. Die Herde ist viel größer geworden seit dem letzten Jahr. Jede Menge junger Schafe und Lämmer purzeln umher. Gottfried, der Ziegenbock, ist noch riesiger geworden. Er ist der beste Freund von Lenhards Admiral. Die beiden hatten eine gemeinsame Milchquelle. Die Ziege Selma. Sie hat auch den Admiral mit ihrer Milch ernährt, als seine Mutter gestorben war.

Der Admiral kommt mir wie immer entgegen. Die üblichen Streicheleinheiten. Dann macht er sich zurück zu seinem Job und umrundet die Herde. Ich aber gehe zu Gottfried. Mit angehaltenem Atem. Ziegenböcke stinken grauenvoll.

Ich laufe vorsichtshalber nicht zu hastig. Gottfried liebt es, schnellen Leuten ebenso schnell entgegenzulaufen. Er senkt jetzt die gewaltigen Hörner, zwinkert ein paarmal mit seinen kugelrunden Glotzaugen und überlegt scharf, ob er mir eine verpassen soll. Er lässt es aber und entscheidet sich für Sascha. Der ist auf Lenhard zugelaufen und hält ihm die Hand hin. Bekommt nun aber von Gottfried einen solchen Stoß in den Rücken, dass er sich zweimal überschlägt. Im Nu ist Sascha wieder hoch. Gottfried rennt wieder an, wird aber von Sascha an den Hörnern erwischt und mit Schwung umgeworfen. So wie Sascha eben noch geflogen ist, fliegt jetzt der Ziegenbock. Er landet auf dem Rücken, ist im Nu wieder hoch und meckert empört. Er wagt aber nicht noch einmal auf Sascha loszugehen, sondern schüttelt in sicherer Entfernung ärgerlich den bärtigen Kopf.

»Willkommen in den Bergen.« Lenhard hält uns die Hand hin und lächelt freudig.

Ich nehme ihm, wie immer, die Schäfertasche ab und frage: »Zur hängenden Wand?«

Der Schäfer schüttelt den Kopf. »Es ist mir heute doch zu nass dort oben. Die Wolken hängen zu tief. Wir ziehen besser rüber zur Weißbach.«

Der Admiral macht sich auf Lenhards Zeichen wieder an die Arbeit. Er läuft wie eine Kindergärtnerin um die gesamte Herde und gibt die Richtung bekannt.

Ich freue mich auf die Weißbach. Es ist eine Gegend, die mir immer die Luft nimmt. Ein lang gezogenes Tal mit sanften Hängen, die so grün sind, dass man selber ein Schaf sein möchte. Auf der Talsohle die Weißbachquelle. Ein klares Gewässer, in dem es jede Menge Forellen gibt, Äschen, Biber, neuerdings sogar wieder Seeotter. Und jede Menge Wasservögel.

Wir ziehen über den Kreuzberg. Allmählich kommt nun in mir das totale Feriengefühl auf. Lenhard sieht wie immer nachdenklich vor sich hin und ruft den Schafen mitunter etwas zu. Auch der Admiral spaziert immer mal ein Stück neben uns her, macht so eine Art Freundschaftspause und läuft dann zurück zu seiner Arbeit. Gottfried aber lauert. Er hat die Demütigung nicht vergessen und wird sie Sascha, sobald die Gelegenheit gekommen ist, heimzahlen.

Es werden immer wieder lange Pausen eingelegt, damit die Herde das gute Gras abweiden kann.

Dann treten wir aus dem Wald heraus und erreichen den westlichen Rand des Hassfeldes. Von hier aus kann man am besten seine gewaltige Fläche übersehen. Absolut kahl und fast weiß liegt sie vor uns. Nicht ein Grashalm wächst dort. Kein Strauch, noch nicht mal ein kleines Kissen aus Moos. Nur die Eiche steht da. Jetzt noch 100 Meter entfernt. Lenhard hat einmal gesagt, sie wäre einer der größten Bäume dieser Erde. Es fällt nicht mal schwer, das zu glauben. Jeder Ast von diesem Holzgebirge hat den Umfang eines ganzen

Baumes. Sie ist so mächtig, dass einmal an einem Sommertag eine ganze Wandergruppe vor dem Regen unter ihr Schutz fand. Etwa hundert Leute. Keiner hat auch nur einen Tropfen Regen abbekommen. Dafür aber den Zorn des Schäfers.

Wir sind gerade noch rechtzeitig mit der Herde dazugekommen und haben die ganze Truppe unter der Eiche vorgejagt, trotz des Regens. Sogar Gottfried, der Ziegenbock, durfte mit seinen Hörnern nachhelfen. Lenhard hat dem Idioten von Reiseleiter so die Meinung gegeigt, dass dem die Knie zitterten. »Ein einziger Blitz in diese Eiche, und der Teufel hätte hier ein Erntedankfest feiern können.« Drei Minuten später ist der Blitz dann echt in die Eiche eingeschlagen. Wie schon viele Male vorher. Man sieht die Spuren noch heute. Die Wandersleute sind auf die Knie gefallen und haben erst Gott für die Rettung gedankt, dann Lenhard und Gottfried, dem Ziegenbock.

Jetzt wendet sich der Schäfer an Sascha. »An diesem Baum«, er deutet zur Eiche hinüber, »habt ihr nichts zu suchen.«

Sascha nickt, sagt aber: »So einen Baum habe ich noch nie gesehen.«

»Der Platz«, Lenhard sieht düster drein, »ist unheilig und verflucht. Er ist so verflucht, wie ein Platz nur verflucht sein kann.«

Sascha sieht erschrocken aus. Lenhard aber beginnt zu erzählen: »Dort drüben«, er deutet rüber zum Gelben Licht, »lag einst ein großes Dorf. Die Menschen waren fleißig und kamen zu Wohlstand. Die reiche Natur und auch der Himmel halfen ihnen dabei. Doch wie das immer so ist im Leben, mit dem Reichtum kamen der Neid und der Hass. Man fing an einander zu misstrauen, sich zu verleumden und schrecklicher Dinge zu beschuldigen. Die freilich dann auch kamen. Aus dem Dorf verschwanden plötzlich Kinder. Zuerst eines. Man suchte tagelang. Glaubte an ein wildes Tier, einen Bären oder Wolf. Doch man fand nichts. Weder die Bestie noch das Kind. Dann verschwanden wieder zwei Kinder, schließlich drei. So wie heute die Tiere verschwinden, verschwanden damals diese armen Kinder spurlos und für alle Zeiten. Das Dorf wurde überschwemmt von einer Welle von Angst und Verzweiflung. Die verlassenen Eltern schrien zu Gott ihnen zu helfen. Ein Exorzist wurde eigens aus Padua herbeigeholt, um den Satan auszutreiben. Das aber gelang nicht. Satan blieb im Dorf und die nächsten Kinder verschwanden.

Im Dorf gab es eine junge, schöne Bäuerin. Sie hieß Theresia und war sehr reich. Sie besaß den größten Hof im Dorf und viele fruchtbare Äcker und Wiesen. Gegen diese Frau richtete sich nun der Verdacht der Bauern. Theresia war kinderlos. Sie hatte schon so viel unternommen, um ein Kind zu bekommen. Wallfahrten nach Rom. Sie hatte wandernde Ärzte konsultiert, weise Frauen besucht und jedes Mittel, das es damals gab, versucht. Doch alles blieb erfolglos. Theresia wurde wegen ihrer Kinderlosigkeit vom ganzen Dorf verhöhnt und selbst ihr Mann wandte sich schließlich von ihr ab. Eines Tages geschah dann das Wunder. Theresia wurde schwanger. Sie bekam nicht nur ein Kind, sondern deren drei. Und da nun kurz zuvor wieder drei Kinder verschwunden waren, verdächtigte man die arme Frau einen Bund mit dem Teufel geschlossen zu haben. Der hätte die drei Kinder gestohlen und umgebracht, um Theresia zu ihren Kindern zu verhelfen. Sie wurde der Hexerei angeklagt und an dieser Eiche dort, dem Richtplatz des Dorfes, zum Tode durch Enthaupten verurteilt. Theresia schwor nach ihrem Tode mit dem Kopf unter dem Arm noch hundertmal »Ach« über das schreckliche und ungerechte Urteil zu rufen und hundert Felder jener Bauern, die sie verleumdeten, zu überqueren. Nachdem ihr schöner Kopf gefallen war, nahm sie ihn unter den Arm, wehklagte, wie von ihr prophezeit, hundertmal »Ach« und lief über fast die gesamten Felder des Dorfes. Die waren schon am nächsten Tag verdorrt und tragen bis heute keine Früchte mehr. Sosehr sich die Menschen auch bemühten den Boden wieder fruchtbar zu machen, auf dem Hassfeld wächst kein Grashalm mehr. Nur die Satanseiche steht noch immer da und wartet. Auf ihren Herrn und Meister, den Teufel, und auf weitere Opfer.«

»Und die Kinder?«, fragte Sascha bibbernd.

»Wurden nie gefunden«, sagt Lenhard. »Die Satanseiche dort drüben aber weiß bestimmt, wo sie abgeblieben sind.« Und dann sagt er feierlich: »Der Herr der Eiche mit den Flammenaugen ist wieder unterwegs, Antonio. Ich habe ihn gesehen.«

Ich bin froh, dass wir weiterziehen. Der Schäfer ist zwar mein ältester und bester Freund. Er hat mich schon mit hier hochgeschleppt, als ich noch gar nicht richtig laufen konnte. Aber manchmal übertreibt er ein bisschen. Ewig diese Teufelei und Geisterei. Es gab mal eine Zeit, da habe ich in jedem Baum hier oben einen Dämon gesehen und ebensolche Bannsprüche gemurmelt wie Lenhard: »Ihr Geister in der Flur, kennt einen Herren nur, er vergebe euch die Sünden und lass euch Ruhe finden.«

Die Schafe marschieren gemächlich am Rand des Hassfeldes entlang. Sascha sieht immer wieder neugierig zur Eiche. Der Ziegenbock Gottfried jedoch, als ob alle Verbote für ihn nicht gelten würden, macht sich jetzt auf den Weg dort rüber, wird aber vom Admiral zurückgejagt. Lenhard hängt wieder seinen Gedanken nach. Jetzt dreht er sich noch einmal zu uns um. Er hebt den Stock und deutet drohend hinüber zum Baum. »Es ist zu viel geschehen, hier oben. Bleibt weg von der Eiche.«

Plötzlich stoppt die Herde. Der Admiral knurrt, stellt die Ohren hoch und sieht rüber zum Waldrand. Es knackt mehrmals und gleich darauf erscheint Mussolini auf der Ebene. Mussolini ist der stärkste und schönste Welschbock weit und breit. Den Namen hat er von Lenhard. Weil nämlich dieser Bock den Kopf genauso majestätisch und eitel nach oben wirft, wie das früher der echte Mussolini tat. Der Welschbockfürst ist wie immer in Begleitung seiner Frauen. Er spielt sich mächtig auf und haut den Fuß drohend auf den Felsboden. Sein Fell schimmert wie Samt und Seide. Das Gehörn könnte wegen seiner Schönheit sogar eine Kathedrale schmücken. Die Augen funkeln wie Aladins Wunderlampe und seine Muskeln würden Schwarzenegger in den Schatten stellen.

Mussolini äugt wachsam und furchtlos zur Herde rüber. Der Admiral knurrt warnend und Gottfried sieht nachdenklich auf den wilden Kollegen. Er würde sich sehr gerne mit ihm anlegen, lässt es aber vorsichtshalber bleiben. Gegen solche furchtbaren Hörner hätte er nicht die geringste Chance.

Mussolini zieht mit seinen Frauen weiter auf die Eiche zu. Sascha ist beeindruckt. »Das sieht man nicht alle Tage, Antonio.«

»Merkwürdig«, sagt Lenhard. »Früher hat man nie ein Tier dort drüben an dem Baum gesehen. Und jetzt pilgern sie regelrecht dorthin.«

Die Welschbockfamilie ist schon an der Eiche vorbei. Die

Tiere haben es nicht eilig, albern herum und versetzen sich Stöße, die weithin zu hören sind. Auf einmal dreht Mussolini ab und läuft direkt auf die Eiche zu. Irgendetwas scheint ihn unwiderstehlich anzuziehen. Er wittert immer intensiver zum Baum. Dessen dichtes Blätterwerk lässt kaum Licht hindurch. Um den mächtigen Stamm herum herrscht regelrechte Dämmerung, in der kaum etwas zu erkennen ist.

Sascha keucht plötzlich auf: »Antonio, die Augen!« Und wirklich, im Dunkel unter dem Baum blitzen wieder die grässlichen feuerroten Glotzen auf. Wie Irrlichter flackern sie hin und her. Sie setzen sich jetzt auf dem Rücken des Steinbocks und eines der weiblichen Tiere fest. Mussolini geht wie vom Blitz getroffen mit den Vorderpfoten hoch und bricht dann regelrecht zur Seite. Er taumelt noch ein paar Schritte und schlägt um. Das weibliche Tier steht einen Augenblick länger und stürzt nun ebenfalls. Die grauenvollen Augen stehen noch einen Augenblick auf den beiden bewegungslosen Tieren. Sie geben ein merkwürdig zwinkerndes Licht von sich und sind plötzlich wie vom Erdboden verschwunden.

Die beiden übrig gebliebenen Welschbockfrauen wittern zu der Stelle, an der Mussolini zu Boden ging. Jetzt geht die eine los. Mutig läuft sie auf die Eiche zu. Ihre Liebe ist stärker als die Angst. Sie kommt nur ein paar Schritte weit. Schon sind die roten Glotzen wieder da und auch sie muss zu Boden. Das Tier zuckt, wie von einem Schlag getroffen, zusammen. Es jammert noch einmal in seiner sanften Sprache, knickt ein und fällt. Ich sehe sprachlos auf Lenhard. Der hat ein schreckliches Gesicht und schlägt immerfort das Kreuz. Auch uns bekreuzigt er, seine Herde und den Hund. Dann nimmt er die kleine Metallpfeife, die er immer an einer Kette um den Hals trägt, und bläst hinein. Während der Hund sofort losjagt, um die Herde auf Trab zu bringen, fragt Sascha zähneklappernd: »Und die Welschböcke?«

»Sind verloren«, sagt Lenhard und forciert das Tempo weiter. Sascha aber rennt jetzt einfach los, rüber zur Eiche, um nach den Tieren zu sehen. Er hat aber nicht mit Gottfried, dem Ziegenbock, gerechnet. Der sieht endlich seine Stunde gekommen. Er galoppiert hinter Sascha her, senkt sein Haupt und versetzt ihm einen mächtigen Stoß ins Hinterteil.

Sascha stößt einen Schrei aus und fliegt kopfüber zu Boden. Jetzt ist Lenhard heran, zieht ihn hoch und stößt ihn erbittert vor sich her, zurück zur Herde.

»Willst du sterben?«, schreit der Schäfer in einer Lautstärke, die ich noch nie bei ihm gehört habe. »Von einem Wesen der Tiefe gerissen und verschlungen, wie die Tiere dort?«

Sascha schüttelt bibbernd den Kopf. »Nein«, sagt er schließlich. »Will ich nicht.«

»Dann bleibe von der Satanseiche weg«, donnert Lenhard und schlägt das Kreuz.

Er wendet sich wieder der Herde zu, treibt den Hund und die Schafe zu immer größerer Eile an. Die Strecke, die wir in langen Pausen durchquert haben, wird nun in zehn Minuten überwunden.

Jetzt taucht ein Jeep hinter uns auf. »Artur, der Förster«, sagt Lenhard erleichtert. Wir winken hektisch. Artur aber fährt weiter, als ob er uns nicht gesehen hätte. Auf ein Zeichen des Schäfers jagt der Hund los, erreicht den Förster und springt bellend von hinten in den Jeep. Jetzt erst nimmt uns Artur zur Kenntnis und kommt langsam zurückgefahren.

Er hält unweit der Herde den Wagen an und schnauzt

zum Schäfer hinüber: »Was soll das? Veranstaltest du hier eine Hammel- und Hunde-Olympiade? Die Tiere so zu jagen.«

»Du hast uns also doch gesehen?«, frage ich verwundert und laufe rüber zum Jeep.

»Bin ich dir Rechenschaft schuldig?«, faucht der Förster. »Was ist das für eine Art, mir den Hund auf den Hals zu hetzen?« Er dreht sich um, sieht, dass der Admiral sehr interessiert eine große Plane, unter der etwas liegt, beschnüffelt, und donnert los: »Mach dich runter, Admiral, sonst helfe ich dir!«

Der Admiral aber zerrt wie von Sinnen weiter an der Plane. Der Förster springt nach hinten, packt den Hund am Genick und wirft ihn vom Wagen. Zu spät. Der Admiral hatte gerade einen Zipfel der Plane erwischt und für einen winzigen Augenblick bekomme ich etwas zu sehen, das mir sehr nach den Beinen eines Tieres aussieht.

»Was wollt ihr von mir?«

»Bist du über die Hochebene gekommen?«, fragt der Schäfer den Förster eindringlich.

Artur zögert. »Warum willst du das wissen?«

Lenhard sagt fast feierlich: »Es ist wieder da, Förster.«

»Was ist wieder da?«, fragt der Förster ungeduldig.

»Das Böse«, sagt Lenhard. »Es reißt sein grässliches Maul auf und schleudert sein furchtbares Feuer über die Welt.«

Artur schüttelt ziemlich unwillig den Kopf: »Lenhard, bitte setz den Jungen nicht solch einen Schwachsinn in den Kopf. Es gibt ihn nicht, deinen Satan.«

Der Schäfer hebt feierlich die Hand: »Die Jungen hier haben ebenso wie ich in die Augen des Bösen gesehen.« Er lässt Artur stehen und geht zur Herde zurück.

An Lenhards Stelle erzähle ich, was wir eben an der Eiche

erlebt haben. Artur hört mit unbewegtem Gesicht zu, fragt dann: »Habt ihr vielleicht Donner gehört oder einen Blitz gesehen?«

»Nur fürchterliche rote Augen«, sage ich und sehe zum Himmel. »Aber nicht eine einzige Wolke.«

Der Förster wiegt zweifelnd den Kopf. »Antonio, oft wird man im Wald so abgelenkt, dass der Donner einfach überhört wird. Es gibt Gewitter ohne Ankündigung. Man sieht sie weder kommen noch gehen. Aber ich werde mal rüber zur Eiche fahren.« Er seufzt wieder, wirft einen schnellen Blick auf die Plane, dann auf mich. »Und nichts finden.«

Es wird Abend, bevor wir nach Hause kommen. Mit Lenhard ist heute nichts mehr anzufangen. Er schweigt, grübelt finster vor sich hin. Dann, nachdem wir die Herde in den Pferch getrieben haben, begleitet er uns den Weg hinunter bis ins Dorf. Er bewegt sich seltsam gehemmt, mein alter Schäfer. Als ob hinter jeder Hecke eine gefräßige Bestie auf uns lauern würde. Im Dorf angelangt, gibt er jedem die Hand und sagt eindringlich: »Geht aber gleich nach Hause.« Er schlägt noch einmal das Kreuz über uns und läuft den Weg wieder zurück.

Wir machen erst noch einen Abstecher ins Dorf. Rüber zum Teich, in dem heute die paar Kids, die es noch hier oben gibt, herumtoben wie die Seepferde. Ich kenne fast die ganze Gang. Habe auch immer mal versucht was mit ihnen anzufangen. Aber die können nichts anfangen. Nichts mit dem sagenhaften Wald oder der Herde. Was man jeden Tag hat, ist halt nichts. Ich hab es aber nur einmal im Jahr ein paar Wochen und kann nicht genug davon bekommen. Wir überlegen einen Augenblick, ob wir nicht auch reinhüpfen, in die grüne Brühe. Da kommt uns Guido, der Postbote, entgegen. »Habt ihr meinen Hannibal gesehen?«, fragt er die Kinder. Alle reden durcheinander, wissen etwas anderes und schütteln den Kopf.

Jetzt kommt Guido auch zu uns. »Tag, Antonio«, sagt er aufgeregt. »Ich suche meinen Hannibal, habt ihr ihn gesehen?«

»Welchen Hannibal?«, frage ich.

Guido sieht mich verwundert an. »Du kennst Hannibal nicht mehr, meinen Labrador?«

Klar kenn ich Hannibal. Jetzt fällt's mir wieder ein. Ein großer Rumtreiber.

»Er hatte so einen weißen Punkt unter dem Knie. Ganz lustig«, klärt Guido Sascha auf. »Als er klein war, haben ihn meine Kinder immer Pünktchen gerufen. Ihr habt ihn also nicht gesehen?«

Wir schütteln den Kopf.

»Muss ich eben den Förster fragen«, knirscht Guido und ballt aufgebracht die Faust. »Kann ich mir aber auch schenken. Der hat ihn natürlich, wie alle anderen Tiere, nicht gesehen.«

Mir wird auf einmal ziemlich mulmig und ich habe keine Lust mehr noch ins Wasser zu hüpfen. Ich ziehe Sascha, der sich schon auf das Schwimmen gefreut hat, rüber zu der alten Steinmauer und setze mich hin.

»Ist was?«, fragt er erschrocken. »Du bist ja ganz grün.«

»Artur hatte ein Tier unter der Plane liegen, ich habe es genau gesehen.«

»Echt?«, fragt Sascha ratlos.

»Echt!«, sage ich. »Und einen weißen Fleck unter dem Knie hatte es auch.«

Zu Hause erwarten uns schon Jes und No.

Jes bereitet, sicher um Sascha zu überraschen, zusammen mit No ein Omelett. Es riecht unglaublich in der Küche. Und trotz der ganzen Aufregungen und der Geheimnisse merke ich, dass mich ein furchtbarer Hunger plagt. Ich hebe die Nase und wittere wie der Admiral. Auch Sascha macht ein beeindrucktes Gesicht.

Jes sagt in diesem Augenblick: »Den Cognac, meine Liebe, schnell.«

No reicht ihr die Cognacflasche und Jes schließt die Augen. Sie hält den Kopf schräg und schüttet vorsichtig ein paar Tropfen Cognac in die rosige Masse, die sich in der Glasschüssel bewegt. Es riecht sofort noch besser. Jes hält noch immer die Augen geschlossen und lauscht in das Gefäß hinein. »Noch ein bisschen«, sagt sie schließlich und gießt wieder ein Quantum zu. Dann richtet sie sich auf.

»Man muss bei solchen Gerichten auch mit den Ohren arbeiten. Nase und Mund alleine reichen nicht aus. Das Gehör«, Jes tippt sich bedeutsam an die Ohren, »ist in solch einer Geschmackssymphonie von absoluter Bedeutung. Ein Gericht muss klingen wie ein Menuett. In diesem Falle hier möchte ich allerdings behaupten, es klingt wie eine Gavotte. Kennt ihr diesen königlichen Tanz, meine Lieben?«, wendet sich Jes wieder an uns. Sascha schüttelt den Kopf und No läuft eilig aus dem Zimmer. Sie kommt gleich darauf zurück und trägt die alte Spieluhr mit den geschlitzten Messingplatten. Jes zieht die Spieluhr auf, legt eine Platte ein und schon klingt es durch die ganze Küche.

»Die Stefanie-Gavotte«, sagt meine Großmutter lächelnd und fasst No zierlich an der Hand. Dann tanzen die beiden Frauen zu den feinen, wehmütigen Klängen der Spieluhr durch die Küche und den Flur. »Schön«, sagt Sascha ehrlich begeistert.

Nach dem Tanz können wir endlich essen. Der Geruch war noch gar nichts gegen den Geschmack. Das Omelett zergeht im Mund. »Mein Vater würde total abheben«, sagt Sascha. »Er ist sogar mal nach Portugal geflogen wegen eines Omelettrezeptes. Und wenn ich ihm hiervon erzähle, taucht er bestimmt bald auf.«

»Dein Vater ist uns immer willkommen«, sagt Jes freundlich und nickt mal wieder tüchtig.

No aber verneint. »Nicht immer. Nur, wenn er uns seine Omelettrezepte verrät.«

Nach dem Essen machen wir uns auf ins Dorf. Es ist noch hell. Die Leute sitzen vor ihren Häusern und trinken Most. Die meisten winken mir zu und rufen: »Wie geht's, Antonio?«

»Gut geht's«, sage ich wieder.

Sascha aber wundert sich: »Fast nur alte Leute hier. Kaum Kinder.«

»Die jungen Leute sind fast alle weggezogen aus dem Gebirge.«

»Wir sollten mal sehen, was Stallone macht«, schlage ich Sascha dann vor. »Wie er so haust im ›Andreas Hofer‹.«

Das Hotelrestaurant »Andreas Hofer« ist neben der Kirche das größte Haus im Dorf. Es steht auf einer Anhöhe oberhalb des Kriegerdenkmals. Es sieht aus wie alte Hotels eben aussehen. Etwas ratlos und ein wenig der Zeit hinterher.

In der Wirtschaft sind nur zwei Tische besetzt. An dem einem Tisch sitzen, ich glaube es nicht, die beiden Typen, die gestern in St. Sebastian auf Benito losgegangen sind. Sie tun so, als ob sie uns nicht erkennen würden. Und äugen rüber zum Stammtisch neben der Theke. Artur, der Förster, Julio, der Wirt, und Stallone spielen Karten. Die drei nehmen uns überhaupt nicht zur Kenntnis und sehen mit verbissenen Gesichtern auf die Karten. Das Spiel heißt »O sole mio« und ist eine Art Poker. Stallone hat ein mächtiges Bündel Geldscheine vor sich liegen. Das Bündel des Försters und Julios ist entschieden dünner. Als Stallone jetzt den Einsatz erhöht, zögert Artur, nimmt aber nun doch seine beiden letzten Hunderter, legt sie in die Bank und sagt: »Ich möchte sehen.«

Julio und Stallone decken ihre Blätter auf. Stallone hat eine Straße. Julio und der Förster zwei Pärchen. Während Stallone glücklich grinst und das Geld auf dem Tisch zu sich rüberschiebt, zuckt Julio nur die Schultern. Er steht auf, geht an die Tresenkasse und holt Nachschub.

»Wie viel?«, fragt er den Förster.

Artur zuckt die Schultern: »Ich kann das nicht annehmen, Julio.«

»Sind wir Freunde oder nicht?«, fragt der Wirt und drückt Artur ein dickes Bündel Geld in die Hand. »Was mir gehört, ist auch dir. War doch schon immer so, oder?«

»Klar«, sagt Artur gerührt. »Du bist echt ein Freund.«

Einer der Typen ist aufgestanden und an den Tisch gekommen. »Mitspieler gesucht?«, fragt er lässig und holt ein dickes Bündel Geldscheine hervor. Julio nickt bereitwillig. Der Typ winkt dem anderen zu und will sich gerade setzen, da zieht ihm Stallone den Stuhl weg.

»Du hast doch gestern schon fast deine Nase verloren. Warum willst du heute dein Geld verlieren?«

»Ihr kennt euch?«, fragt Julio interessiert.

»Ich kenne ihn nicht«, erwidert Stallone, »und will ihn auch nicht kennen lernen. Wer alte Leute verprügelt und Tiere quält, ist Mist!«

»Diese Männer sind nicht übel«, sagt Julio eifrig. Und zu den Typen sagt er: »Was war das für eine Sache mit alten Leuten und Tieren?«

»Nur ein kleiner Spaß«, sagt der eine. »Wenn sich der Rotzbengel nicht eingemischt und mir den Schädel zerschlagen hätte ...«

»Hätte ich das gemacht«, sagt Stallone ruhig, teilt dem Typen aber Karten zu.

»Sie sind keine schlechten Kerle«, wiederholt Julio und vertieft sich in sein Blatt.

»Ihr kennt euch?«, fragt Stallone und deckt auf.

»Hotelgäste«, erklärt Julio, »langjährige Hotelgäste.«

Artur sieht den Wirt verwundert an und auch ich kann mich nur wundern. Diese Typen habe ich noch nie hier gesehen. Und Artur offensichtlich auch nicht.

Das Spiel geht weiter. Jetzt endlich hat uns Stallone wahrgenommen. Irgendwie scheint ihm nicht zu gefallen, dass wir da sind. Die dicke Kohle auf dem Tisch vor ihm passt auch nicht so recht zu dem Bild, das er uns vorgestern im Zug geboten hat.

»Ich hatte eben Glück«, sagt er entschuldigend.

»Und ich mal wieder Pech«, erklärt Artur.

»Warum spielst du dann überhaupt?«, frage ich.

Artur schweigt und greift nach den Karten. Die fünf spielen weiter und wieder verliert der Förster. Nach einer halben Stunde haben Julio und die beiden Typen das gesamte Geld, das der Wirt Artur geliehen hat, zurückgewonnen und das meiste von Stallone dazu.

Stallone grinst: »Jetzt muss ich wohl singen gehen«, sagt er. »Ich bin total blank.«

Julio zählt langsam und genüsslich sein Geld, und Falko, so heißt der eine der beiden Typen, sagt so ganz nebenbei: »Vielleicht gibt's ja was Besseres für dich als singen.«

»Und für mich?«, fragt der Förster.

»Für dich erst recht«, grinst Julio und schenkt allen einen großen Cognac ein.

Da geht die Tür auf. Benito mit seiner Hündin kommt rein. Er sieht mich, nickt uns ernst zu. Er sieht auch die beiden Typen an dem Tisch, verzieht aber keine Miene. Er überlegt einen Augenblick, steht noch eine Zeit ziemlich unschlüssig in der Tür. Dann geht er zur Theke, legt einen Geldschein hin und bestellt einen halben Liter Rotwein.

Artur fixiert den alten Mann mit bösen Blicken. Er steht auf, nimmt den Geldschein von der Theke und riecht daran. »Was wird der wohl gewesen sein, im früheren Leben?«, fragt er und hebt den Schein in die Höhe. »Ein Tumor, den du heilen wolltest, ein Epileptiker, ein Lahmer, der noch mal gehen konnte, freilich nur bis zum Friedhof?«

»Oder ein junger Förster, der mal viel wert war, heute aber

nichts mehr taugt«, sagt Benito und nimmt sein Glas von der Theke.

»Sag das noch mal«, knirscht Artur und packt den alten Mann am Jackett.

Julio kommt gemächlich hinter der Theke vor. Er trennt die beiden und sagt schroff zu Benito: »Wenn du hier Ärger machen willst, kannst du wegbleiben.«

»Er hat doch gar nichts gemacht«, sage ich laut in die Kneipe rein und Sascha sagt ebenso laut: »Dein Förster kann mir echt gestohlen bleiben, Antonio.«

»Mir auch«, sage ich, »und dieser Julio gleich mit.«

»Das würde mir Leid tun.« Julio grinst sein sympathisches Lächeln. »Wo wir doch alte Freunde sind, Antonio. Oder nicht?«

»Gewesen«, sage ich. »Wenn du so ein mieser Hund bist.«

»Bin ich nicht.« Julio grinst immer weiter fröhlich und schiebt Benito, als ob überhaupt nichts gewesen wäre, ein Glas Rotwein über den Tisch zu.

Der aber schüttelt den Kopf, wirft dem Wirt einen seltsam bittenden Blick zu. Schließlich sagt er: »Ich muss mit dir reden. Es ist dringend.«

Julio sieht sich zwinkernd um. »Ich bin kerngesund, Benito. Was gibt's da zu reden?«

»Es geht nicht um deine Gesundheit«, drängt Benito.

»Jetzt komm schon.« Julio schiebt ihn vor sich her zur Tür. »Lass uns morgen reden. Heute passt es mir nicht.«

Benito winkt mir und Sascha zu und ruft: »Das Böse ist unterwegs. Gebt auf euch Acht und auf die Menschen, die zu euch gehören.« Dann geht er.

Der Förster fragt Julio sehr aufmerksam: »Was hast du denn mit dem zu schaffen?«

»Meine Hörner«, sagt Julio grinsend und die beiden Typen brechen spontan in schallendes Gelächter aus.

»Deine Hörner?«, fragt Artur und runzelt die Stirn.

Julio schlägt sich an die Stirn und sagt: »Irgendwas stimmt nicht mit meinem Kopf. Unheimliche Schmerzen hinter der Stirn.«

»Und da gehst du zu Benito?« Der Förster kann es nicht fassen. »Wahrscheinlich wollte er dir gerade sagen, dass du sterben musst, wenn sein Honorar nicht erhöht wird.«

»So was in der Art wird es wohl gewesen sein.« Julio grinst immerzu.

Artur aber sagt: »Man müsste den Kerl ersäufen, wie vor 300 Jahren die Kurpfuscher ersäuft wurden.«

»Nicht die feine Art, so mit einem alten Mann umzugehen«, sagt Stallone.

»Alter Mann.« Der Förster schnauft verächtlich. »Ein Scharlatan ist er, der meinen Vater auf dem Gewissen hat. Eines Tages werd ich ihn erwischen.«

»Wobei erwischen, Artur?«, frage ich neugierig.

»Beim Wildern«, knirscht der Förster. »Es verschwinden immer mehr Tiere im Revier. Ich wette, für seine Pülverchen und Heilmittel.« Sascha stößt mir plötzlich so in die Rippen, dass ich einen Augenblick keine Luft mehr bekomme.

»Sag mal, spinnst du?«

Er nickt. »Kann schon sein.« Er hält mir heftig seinen rechten Arm unter die Nase. Und tatsächlich, der Saugnapf ist verschwunden.

Auch ich grinse und sage: »Oktopus, goodbye.«

Sascha macht einen Luftsprung und ruft ebenfalls: »Oktopus, goodbye.«

»Hört sich nicht mal übel an«, sagt Julio jetzt neugierig. »Habt ihr schon mal so ein Biest gesehen?«

»Klar, Mann, jeden Tag«, erklärt Sascha. Und ich muss lachen über das Glück in seiner Stimme.

»Benito ist kein Scharlatan«, sagt Sascha jetzt zu Artur. »Er hat mich echt geheilt.«

»Wovon?«, fragt Artur grimmig. »Von einem Vogel oder schmutzigen Fingernägeln?«

»Von einem mächtigen Saugnapf am rechten Arm«, erkläre ich dem Förster. Der aber schüttelt nur den Kopf und wendet sich wieder den Karten zu.

Während wir uns mit dem Förster in der Wolle hatten, ist Falko aufgestanden. Er hat seinem Kompagnon ein Zeichen gegeben und ist rausgegangen.

Ich gebe Sascha ein Zeichen. Die Typen haben mich neugierig gemacht. Wir verlassen die Kneipe und sehen gerade noch, wie die zwei eilig die Straße hochlaufen und dann tatsächlich in Benitos Hof verschwinden. Wir schleichen hinterher, sehen aber niemanden mehr. Eines der Fenster der unteren Etage ist beleuchtet. Wir versuchen hineinzusehen, doch sie sind viel zu hoch über der Erde. Ich sehe mich nach einer Klettermöglichkeit um. An der westlichen Seite des Hofes entdecke ich ein altes Fass, rolle es vor das bewusste Fenster und stelle mich darauf. Sascha springt hinterher. Wir müssen uns noch immer regelrecht verrenken. Ich beuge mich weit nach vorne und sehe den alten Benito, der mit seiner Clara am Küchentisch sitzt und offensichtlich gerade damit begonnen hat, etwas zusammenzurühren. Ich erkenne ein paar kleine Tiegel, Kräuter und ein Stück Geweih oder Horn. Benito beginnt jetzt mit einer Feile von dem Geweih Späne abzuraspeln. Er sammelt sie sorgfältig auf und streut sie über die Kräuter. Jetzt aber beginnt das Fass unter uns zu wackeln und kippt schnell zur Seite. Wir können gerade noch abspringen. Das Fass kracht auf den

Boden und ich werde von hinten gepackt. Sascha aber ist wie vom Erdboden verschwunden.

Es ist stockdunkel. Dennoch erkenne ich die Visage von Falko vor mir. Er stiert mich an wie einer der Herbstköpfe, die ich früher immer aus Runkelrüben geschnitten habe. »Wie der böse Tod«, denke ich und spüre auch schon seine kalten Finger im Genick. Ich kann nur noch kurz aufschreien, dann hat er mir seine stinkende Hand auf den Mund gepresst. Auch der andere Typ ist da. Ich wehre mich mächtig, werde aber immer weiter zum Hintereingang des Hofes gezogen, hinter dem ich den gleichen Wagen sehe, der vorgestern am Bahnhof stand. Jetzt fliegt die Haustüre auf. Der alte Benito. Er hat ein Gewehr in der Hand und hält es Falko an den Kopf. Der lässt mich sofort los und sagt ziemlich eingeschüchtert: »Mach bloß keinen Unsinn, alter Mann!«

»Lass ihn los, sonst schieß ich dir den Schädel weg«, knurrt Benito und zielt weiter auf den Kerl. Der lässt mich los, zieht sich allmählich zurück und ist jetzt mit einem Sprung im Wagen verschwunden. Der andere fegt hinterher. Der Wagen startet. Ich will mich gerade bei Benito bedanken, da kommt Sascha in den Hof gefegt, gefolgt von Artur, dem Förster.

Artur sieht das Gewehr in Benitos Hand und geht sofort auf ihn los. »Legst du jetzt schon auf Kinder an?«

»Nein, Artur«, schreie ich. »Nicht!«

Der Förster aber ist wie von Sinnen und geht mit geballten Fäusten auf den Alten zu.

»Noch einen Schritt, Förster, und ich drücke ab.«

»Und die Jungens, willst du die auch umlegen?«, fragt Artur.

Benito schüttelt den Kopf.

»Diese Jungen sind mir immer willkommen. Aber wenn du nicht sofort meinen Hof verlässt, sollst du es bereuen.« Benitos Hände zittern vor Aufregung. Er reißt die Waffe hoch und schießt in die Luft. Die Hündin Clara rast wie der Blitz ins Haus und in der Nachbarschaft fliegen die Fenster auf. Leute kommen auf die Straße gelaufen.

»Ich kriege dich, Benito«, sagt Artur und zieht uns vom Hof. »Und dann, mein Lieber, gnade dir Gott. Immer hast du deine Flinte nicht dabei.«

Auf der Straße stehen mittlerweile eine Menge Leute.

»Willst du ihn auch töten, wie meine Guiletta?«, fragt Anselma und schlägt erschrocken die Hand vor den Mund.

»Um Gottes willen, Anselma«, brüllt Artur, »ich habe deiner Katze nichts getan. Glaube es mir doch.«

»Schwer zu glauben, Förster«, sagt Clement, der Frisör. Er ist bei allen Auseinandersetzungen der Wortführer. Die Leute erhalten bei ihm jede Rechtsberatung, und Kommunalpolitiker ist er auch.

»Der Hannibal ist mittlerweile auch verschwunden.«

»Warum soll ich eure Tiere töten?«, fragt der Förster.

»Weil du Punkte sammeln willst bei deinen Chefs. Seht her, so halte ich Ordnung in euren Wäldern. Macht mich doch bitte, bitte endlich zum Oberförster.«

»Weißt du, was du mich kannst, Frisör?«, sagt der Förster, und ich sehe, dass sein Gesicht leichenblass geworden ist.

»Erschießen? Wie die armen Hunde und Katzen?«, fragt der Frisör gehässig. »Tut mir Leid, so was mache ich nicht.« Die Leute ringsum kichern. Artur macht eine heftige Bewegung und läuft dann mit uns die Straße hinunter zum Hotel. Stallone und Julio, die offensichtlich auch Augenzeugen gewesen sind, schließen sich uns an.

»Ein Förster sieht rot«, sagt Stallone spöttisch. »Das ist ja hier wie im Wilden Westen. Schüsse, Hass, eine gegen den Förster verschworene Dorfgemeinschaft.«

»Was geht dich das an?«, knurrt Artur und Julio sagt ernst: »Hundertach war schon immer ein Nest, in dem die Leute glaubten sich alles erlauben zu können. Und es geht ja wohl nicht an, dass man schmuggelt, schwarz Holz schlägt und mit Hunden das Wild im Wald umherhetzt.«

»Machen die Leute das wirklich noch?«, fragt Stallone erstaunt.

»Was denkst du!« Julio schüttelt den Kopf. »Und dann ist das Geschrei immer groß, wenn so ein wildernder Hund oder eine Katze mal zur Strecke gebracht wird. Du kannst dich umsehen, es gibt hier keinen Hund mit Leine. Die laufen frei umher und bis zum Wald sind es nur ein paar Meter. Aber wehe, der Förster macht mal, was er machen muss.«

»Fängst du jetzt auch damit an«, brüllt Artur. »Ich habe in den sieben Jahren, die ich hier Förster bin, einen einzigen Hund erschossen, und der war tollwütig.«

»Ich versteh doch, dass du es nicht zugeben willst«, sagt Julio freundschaftlich und legt dem Förster den Arm um die Schultern. »Wenn man die verrückte Anselma sieht, ist das schon eine ärgerliche Geschichte, und um den drolligen Hannibal ist es auch schade. Aber wenn er gewildert hat ...« Julio macht eine verständnisvolle Handbewegung.

Artur ist schon wieder auf achtzig. Er will etwas erwidern, sagt aber nichts und schießt jetzt die Dorfstraße hinunter.

»Kommt ihr noch auf ein Eis mit rein?«, fragt uns Julio. »Mein Konditor hat gerade wieder welches gemacht.« Und da man von Julios Himbeereis nicht genug bekommen kann, wollen wir natürlich mit rein. Doch da kommt schon meine unvermeidliche Tante No die Straße entlanggewalzt.

»Hier ist doch geschossen worden«, ruft sie schon von weitem.

»Benito«, erklärt Stallone gelassen.

»Auf den Förster«, sagt Julio.

»Hat er nicht«, kläre ich No auf. »Nur in die Luft, um Artur zu erschrecken.«

»Großartig«, sagt No kopfschüttelnd. »Jetzt gehen sie schon mit Flinten aufeinander los.« Dann treibt sie uns heim.

Während Sascha glücklich schläft, wälze ich mich hin und her, rolle mein Kissen zusammen, vierteile, wende es. Umsonst. Das Kissen ist schon heißer als eine Herdplatte und knistert wie der Papierkorb nach der Frühstückspause. Schließlich werfe ich es in Richtung Sascha, der dem Geräusch nach dabei ist, während eines Marathonlaufes ein Eisbein zu verschlingen. Leider landet das Kissen auf der Kommode. Es scheppert, ich springe hoch, weil ich fürchte, Nos Blumen getroffen zu haben, und wieder zieht mich etwas zum Fenster. Ein riesiger Mond steht über dem Hassfeld. Die ganze Fläche sieht aus wie ein gewaltiger Eisblock. Und inmitten des Eises, wie glühende Scheiben, die fürchterlichen Augen. Sie tänzeln hin und her. Nun sind sie wieder erloschen. Jetzt sehe ich einen Mann zum Hassfeld hochsteigen. Den alten Benito. Seine Clara, wie immer, nebenher. Er hält sich im Schatten der Häuser und steigt eilig den Weg nach oben.

Ich bin mit einem Satz in den Schuhen. Habe auch keine Zeit mehr Sascha zu wecken. Ich will jetzt wissen, was der Alte in den Nächten treibt. Ob Artur Recht hat und Benito hinter allem steckt?

Es dauert eine Zeit, bis ich ihn in Sichtweite habe. Trotz

seines Alters kann der Mann marschieren und ich muss höllisch aufpassen, damit er mich nicht sieht. Der Mond scheint hell. Ein Stein rollt unter meinen Füßen. Ich lasse mich blitzschnell in den Graben fallen, denn Benito dreht sich um. Er hat aber nichts entdecken können und läuft weiter. Die Hochebene und das Wegekreuz sind bald erreicht. Benito rastet, brennt sich eine Pfeife an, scheint zu warten. Eine ganze Zeit geschieht nichts. Die Mücken beißen erbarmungslos. Jetzt sind Schritte zu hören. Ich ducke mich noch tiefer, um nicht gesehen zu werden. Dann höre ich erregte Stimmen. Jetzt auch Hundegebell. Der Drahthaardackel Jonas. Und wo der ist, kann auch Artur, der Förster, nicht weit sein. Jonas kommt immer näher, ob er in meine Richtung unterwegs ist, kann ich noch nicht sagen. Ich ducke mich vorsichtshalber, springe vom Weg in den Wald und jage querfeldein. Das Gebell des Dackels wird leiser. Er hat entweder aufgegeben oder überhaupt ein anderes Objekt im Auge gehabt. Ich atme durch. Leuten hinterherzuschnüffeln ist wirklich nicht anständig. Selbst wenn die Leute unanständig sind.

Sascha liegt bei meiner Rückkehr noch immer so, wie ich ihn verlassen habe. Jetzt schmatzt er selig und verzieht gleich darauf das Gesicht.

»Omelett mit Kalbsragout«, murmele ich vor mich hin.

»Nein, mit Steinpilzen«, erwidert Sascha im Schlaf, rülpst zweimal und wälzt sich auf die andere Seite.

He, Antonio!« Sascha kommt den Berg hochgekeucht. Er wollte heute Morgen ausschlafen und hat mich allein losziehen lassen. Ich liege neben dem Admiral, oben auf dem Plateau des Herrenbergs.

»Jes hat gesagt, wir sollen Pilze für sie suchen.«

Mir ist nicht nach Pilzen. Ich denke über die letzte Nacht nach und die Ferien, die so ganz anders sind als alle anderen vorher.

Ich sehe rüber zu Lenhard. Er ist gerade dabei, das schönste Schaf der ganzen Herde, Rapunzel, zu verarzten. Den Namen hat Rapunzel nach ihrer langen, fast goldenen Wolle. Sie ist der Liebling Lenhards, ein zutrauliches Tierchen, das regelmäßig zu dem Schäfer gelaufen kommt, ihm liebevolle Püffe versetzt, um gestreichelt zu werden.

Rapunzel hat sich am Fuß verletzt. Das kommt häufig vor und liegt wohl an ihrem Temperament. Sie hüpft wie ein

Vollblut umher, über alle möglichen Hindernisse. Über Baumstümpfe und Äste. Eben erst über den Pferch, und dabei ist es wohl passiert. Der Schäfer winkt mich zu sich. Er wickelt eine Binde um den Fuß des Schafes und bittet mich sie einen Augenblick zu halten.

Rapunzel zappelt ungeduldig.

»Sie wird doch sowieso gleich wieder über etwas hüpfen«, sage ich zu Lenhard. »Am besten, du bindest sie an, bis die Wunde verheilt ist.«

Lenhard aber lässt sie laufen. »Einmal wird sie es schon lernen. Und wenn nicht ...« Er macht eine Pause und sagt dann: »Wir Menschen lernen es oft auch nicht.«

»Antonio, was ist denn jetzt?« Sascha hat einen Eimer dabei, der so mächtig ist, dass mit ihm drei brennende Dörfer gelöscht werden könnten. Und in seinem Gürtel steckt ein Küchenmesser, für das ein Waffenschein notwendig wäre. Damit will er den Pilzen zu Leibe rücken.

»Also gut«, sage ich. »Wir gehen rüber in die Lärchenschonung. Dort gibt es die besten Pizzapilze.«

»Pizzapilze?« Sascha staunt. »Noch nie davon gehört.«

»Aber von Pizza hast du schon gehört?«

»Was soll das?«

»Und die Pilze auf den Pizzas? Was meinst du, woher die kommen?«

»Etwa von hier oben?«, fragt er.

»Nein, von da unten«, sage ich und deute auf die Erde. Ich laufe vor ihm her, rüber zur Lärchenschonung.

Und dort kriegt er seine erste Lektion.

»Pizzapilze findet man nur auf allen vieren. Komm also gar nicht erst auf die Idee, dich in der nächsten Stunde auch nur ein einziges Mal auf die Beine zu stellen. Dann hast du nämlich keine Chance. Die Pizzapilze wachsen nur unter

Baumstümpfen. Wenn du erst mal einen gefunden hast, findest du weitere hundert. Bleibst du aber oben, siehst du nicht einen.«

»Und wie sehen die Dinger aus?«, fragt Sascha. »Damit ich keine Giftpilze sammle.«

»Du kannst sie nicht verwechseln. Blaue Kappen, gelber Stiel.«

Sascha geht sofort in die Wildschweinperspektive. Er kriecht tatsächlich los, links das Messer, rechts den Eimer. Ich aber mach es mir bequem. Höre Sascha schnaufen und rufe immer mal: »Hast du schon einen?«

»Nee«, keucht er, »und du?«

»'ne ganze Menge, Mann.« Ich muss immerzu lachen, weil ich mir vorstelle, wie Sascha weiterkriecht und nach Pizzapilzen sucht. Nach etwa einer halben Stunde habe ich keine Lust mehr hier rumzuhängen. Ich stehe vorsichtig auf. Und wen sehe ich 20 Meter weiter auf dem Rücken liegen? Meinen Freund. Er grinst mich an und sagt: »Eigentlich mach ich mir gar nichts aus Pizza.«

Wir lachen beide, legen einen Zahn zu und steuern einen echten Pilzplatz an. In einer halben Stunde ist der Eimer voll Maronen, Pfifferlingen, Butter- und Steinpilzen. Wir machen uns gemütlich auf den Rückweg, pflücken hier und dort noch ein paar verspätete Himbeeren. So überreif sind sie am allerbesten. Auf einmal bricht vor uns etwas Goldgelbes aus dem Gebüsch und rast über den Weg. Sascha lässt vor Schreck den Eimer fallen. Auch ich bin derart erschrocken, dass mir noch beim Aufsammeln der Pilze die Hände zittern. Doch trotz des Schocks habe ich erkannt, dass es Rapunzel war.

Sascha versteckt den Eimer hinter einem Busch und wir machen uns auf die Suche. Wir rufen und sehen hinter jedes

Gebüsch. Ich denke an Lenhard und die Herde. Er wird in großer Sorge um sein Lieblingsschaf sein und ich ärgere mich schwarz so viel Zeit mit den Pizzapilzen vertrödelt zu haben. Lenhard könnte uns jetzt bestimmt gut gebrauchen.

Wir suchen weiter und sind auf einmal am Rand des Hassfelds angekommen. Auch die Eiche kommt schon in Sicht. Noch immer keine Spur von der verlorenen Rapunzel. Wir rufen wieder und wieder: »Rapunzel!« Das Echo vom Großen Wächter erwidert höhnisch: »Funzel«. Ich will Sascha gerade sagen, dass es keinen Zweck mehr hat, hier noch herumzuhängen, da rast das verrückte Tierchen plötzlich dicht hinter uns aus einer Fichtenschonung und hinüber zur Eiche.

Ich schreie: »Rapunzel, nicht, bleibe hier!«

Sascha schreit ebenfalls: »Bleib stehen! Zurück!«

Da passiert es. Rapunzel erreicht die Eiche. Schon sind die Augen da. Das Schaf bleibt, wie in einer Falle gefangen, hängen. Es steht noch einen winzigen Augenblick stocksteif, bricht dann, ebenso wie Mussolini und seine Frauen, zusammen. Es kommt noch einmal hoch und geht dann für immer zu Boden. Wir stehen da mit offenen Mündern, von Entsetzen geschüttelt. Dann fegen wir los. Weg von dem verdammten Platz. Lenhard hat total Recht. So einen dreimal verfluchten Mörderort wie dieses Hassfeld mit der Satanseiche gibt es nicht noch mal.

Wir jagen im Formel-1-Tempo zurück zur Herde.

Die wird nur vom Admiral bewacht. Lenhard ist nicht da. Es dauert aber nicht lange, dann kommt er von der anderen Seite her, aus dem Wald. Auch er hat gesucht. Als wir erzählen, was geschehen ist, schließt mein Schäfer einen Augenblick die Augen. Fast sieht es aus, als ob er weinen wollte.

Dann aber wischt er sich über das Gesicht und sagt: »Das Böse, Antonio. Es kommt immer näher.«

»Wir müssen Rapunzel dort wegholen, Lenhard«, sage ich.

Er schüttelt traurig den Kopf. »Sie ist schon längst geholt, Antonio. Satan ist in großer Eile.«

Ich schlage mir an den Kopf. »Der Eimer mit den Pilzen, Sascha. Wir müssen ihn noch holen.«

»Allein geht ihr nicht«, sagt der Schäfer entschieden und schließt sich uns an.

Wir ziehen wieder los, zurück zur Lärchenschonung. Die ist zwar noch weit entfernt von der Satanseiche. Trotzdem ist uns nicht wohl. Es ist still und heiß im Wald. Und unheimlich ist es auch. Jetzt kreischt ein Vogel. Sein ratschenähnliches Geschrei geht durch Mark und Bein. Sascha schreit vor Schreck gleich mit: »Was war das, Antonio?«

»Ein Eichelhäher«, sagt der Schäfer und ich erkläre Sascha: »Der Vogel ist echt so schön, wie sein Geschrei widerlich ist.«

Endlich sind wir an der Lärchenschonung angekommen. Das Gelände ist riesig und es wird Zeit kosten, den Eimer zu finden. Vor Aufregung über Rapunzel haben wir uns die Stelle nicht gemerkt. »Ihr haltet euch rechts«, sagt Lenhard zu Sascha und mir. »Ich suche hier links.«

»Lasst uns lieber zusammenbleiben.« Sascha bibbert und rührt sich nicht von der Stelle.

Lenhard aber geht schon los, die linke Seite der Schonung hinunter, und wir grasen sie rechts ab. Es wird allmählich Abend und ich befürchte schon, dass wir ohne Pilze abziehen müssen.

Jetzt sagt Lenhard zu Sascha: »Sieh doch noch mal dort drüben unter dem Felsen nach.«

Sascha schüttelt den Kopf. »Dort war das nicht. Dieses merkwürdige Steinfass wäre mir aufgefallen.«

»Dann gehe ich eben«, sagt Lenhard und setzt sich in Bewegung.

»Ich bin schon unterwegs.« Sascha läuft los, auf den Felsen zu. Wenige Schritte davor stößt er einen furchtbaren Schrei aus und macht einen gewaltigen Satz zur Seite.

Ich denke sofort wieder an die roten Augen. Mussolini, seine beiden Frauen und auch Rapunzel sind ebenso in die Luft gesprungen, wie eben Sascha. Ich halte hektisch Ausschau nach den Teufelsaugen. Doch nichts. Sascha aber schreit noch immer und stiert voll Grauen vor sich hin. Lenhard und ich rennen auf ihn zu und ich schreie nun ebenfalls voll Entsetzen auf. Vor uns im hohen Gras der Schonung liegt ein Mensch. Und obwohl ich noch nie einen Toten gesehen habe, weiß ich doch sofort, dass der alte Benito mausetot ist. Er liegt auf dem Rücken und starrt mit glasigen Augen nach oben. Auf seinem alten, müden Gesicht ein Grauen, wie ich es noch nie gesehen habe, und dicht daneben zwei tote Tiere, ein Welschbock und die Hündin Clara.

So viel Polizei hat dieses Gebirge bestimmt noch nie gesehen. Etwa zehn Fahrzeuge. Zelte, Suchhunde und eine mobile Funkstation sind auf dem Platz vor der Kirche aufgebaut. Sogar ein Hubschrauber landet immerzu und geht dann wieder hoch. Jetzt fährt wieder eine Staffel los, hoch zum Hassfeld. Der Wald wird systematisch durchgekämmt. Sascha und ich werden bestimmt zum hundertsten Mal ins Zelt geholt und ausgequetscht.

All das prasselt nun schon wieder auf uns nieder. Drei Kriminalisten fragen uns Löcher in den Bauch. Wir erzählen dem Chef der Aktion, einem Oberpolizeirat mit dickem Bauch, zum hundertsten Mal, wie und wo Benito gelegen hat und wo Clara. Dass Lenhard dreimal das Kreuz geschlagen hat über uns und dann anfing zu beten.

»Hat sich Lenhard denn auch bekreuzigt?«, fragt der Oberpolizist interessiert.

»Na klar«, sage ich. »Macht er doch immer.«

»Also gut«, sagt er. »Ihr könnt gehen, haltet euch aber in der Nähe auf.«

»Das werden sie nicht.« No steht plötzlich im Zelt. »Sie kommen mit nach Hause. Wie lange sollen diese Kinder denn noch von Ihnen ausgequetscht werden?«

»Jetzt regen Sie sich doch bitte nicht auf.« Der Polizeimensch ist schon etwas eingeschüchtert.

»Doch, das tue ich«, sagt No. »Man könnte meinen, Sie wollen sich zwei Ersatzmörder in Reserve halten, falls Sie die echten nicht finden.«

»Wer sagt Ihnen denn, dass der Mann ermordet wurde?«

No not wieder mal kräftig. »Ein bisher kerngesunder Mann, der plötzlich tot im Wald liegt?«

»Deshalb muss er nicht ermordet worden sein.« Einer der Polizeimenschen putzt sich die Brille. »Ein Herzschlag zum Beispiel.«

»Dann ist wohl auch der Hund an einem Herzschlag gestorben?«, fragt No gelassen.

Der Oberpolizist macht jetzt eine Bewegung, als ob er Hühner scheuchen würde. »Nehmen Sie die Kinder mit. Das heißt, vorher noch eine Frage: Sie sind Frau ...?«

»Tenforte«, sagt No vornehm.

Der Polizeimensch blättert in seinen Unterlagen. »Sie waren zugegen, als der Förster Artur Rosenstock die Morddrohungen gegen den Toten ausgestoßen hat?«

»Ich habe nichts gehört«, sagt No und zieht uns aus dem Zelt.

»Falsche Zeugenaussagen sind strafbar«, ruft der Oberpolizist hinter uns her und No ruft prompt zurück: »Penetrante Polizisten sind Strafe genug.«

Das halbe Dorf treibt sich mal wieder auf der Straße rum und fast alle sprechen uns an.

Clement, der Frisör, ist mal wieder der Wortführer. »Warum habt ihr keine erste Hilfe geleistet?«, fragt er wichtig und baut sich vor uns auf. »Vielleicht hätte Benito noch gerettet werden können.«

»Geh aus dem Weg, Dauerwelle«, sagt No. »Sonst bist *du* nämlich nicht mehr zu retten.«

Jetzt kommt auch noch die verrückte Anselma auf uns zu. »Ob er den Benito dort begraben hat, wo auch meine Katze liegt?«, ruft sie schon von weitem. »Bitte frag ihn, Antonio.«

»Benito ist noch nicht begraben«, sagt No ganz vorsichtig zu Anselma. »Deine Katze bestimmt auch nicht. Sie kommt wieder.«

»Die Toten kommen nicht wieder.« Anselma beginnt mal wieder zu weinen.

No legt ihr tröstend den Arm um die Schultern. »Weißt du was? Du kommst mit zu uns zum Abendessen.«

Anselma tappert auch bereitwillig mit, bleibt immer mal wieder stehen, um »Miau« zu machen und »Guiletta« zu rufen.

Wir aber gehen schweigend nach Hause. Anselma läuft sofort in die Küche zu Jes und überschwemmt sie mit allem möglichen Geschwätz. No aber telefoniert. Nach Vitte auf Hiddensee. Ich spitze die Ohren. »Sagen Sie meiner Nichte, sie soll unbedingt zurückrufen. Ja, nach Hundertach. Danke.« No legt wieder auf.

»Warum willst du denn Sarah sprechen?«, frage ich misstrauisch.

»Das haben wir doch immer gemacht, uns gegenseitig verständigt«, sagt No energisch. »Jetzt wascht euch und kommt essen.«

Während wir im Bad sind und uns mit Wasser berieseln, beginnt Anselma draußen auf einmal zu schreien. Wir rennen raus und sehen Artur, den Förster, mit dem Gewehr in der Hand, in der Tür stehen. Er sieht müde und schweigend auf die schreiende Frau.

No kommt angefegt, packt Anselma an den Schultern und schüttelt sie. »Warum schreist du denn so?«

»Er will uns ermorden«, wimmert Anselma und deutet auf Arturs Gewehr. »Wie meine Guiletta und den armen Benito.«

Artur steht noch einen Augenblick schweigend, sieht auf die wimmernde Anselma. Dann dreht er um und verlässt unser Haus.

»Es war eine dumme Idee, dich mitzunehmen«, sagt No ärgerlich zu Anselma. »Er muss doch denken, wir schenken deinem Gerede auch nur den geringsten Glauben.«

»Er ist ein Mörder«, wimmert Anselma, »ein Katzen- und Menschenmörder.« Sie rennt plötzlich wie von Furien gehetzt zur Türe hinaus und schreit draußen noch einmal: »Ein Mörder ist er, der Förster.«

»Ist er nicht«, ruft No, die immer das letzte Wort haben muss, hinterher. »Er hat nichts damit zu tun, hörst du. Gar nichts.«

Ich aber sage jetzt leise: »Hat er doch, No.«

Sie hört erst gar nicht auf mich. Dann sieht sie mich misstrauisch an. »Was hat du da gesagt?«

»Ich sagte, dass der Förster doch etwas damit zu tun hat.«

»Fällst du jetzt auch schon über ihn her?«, fragt No böse. »Arturs und unsere Familien sind seit Generationen miteinander befreundet. Außer uns und Julio hat er niemanden mehr hier oben.«

»Das ist noch lange kein Grund ihn in Schutz zu nehmen«, sagt Sascha.

»Natürlich ist es einer«, faucht No. »Seinen Freunden steht man bei, wenn sie in Not sind. Ohne zu fragen, ob sie Schuld daran tragen oder nicht.«

»Er hatte Hannibal auf seinem Wagen liegen«, sage ich und No sieht mich an, als ob ich verrückt geworden bin.

»Was heißt liegen?«, fragt sie mit gerunzelter Stirn.

»Hannibal lag hinten auf der Pritsche unter einer Plane. Ich habe es genau gesehen.«

»Das ist ganz unmöglich«, sagt Jes und No schüttelt empört den Kopf.

»Du musst dich täuschen, Antonio. Artur ist so ein anständiger Kerl.«

»Er hatte Hannibal auf dem Wagen. Ich habe ihn ganz genau an dem weißen Fleck am Fuß erkannt.«

»Und warum hast du der Polizei nichts davon gesagt?«, fragt Jes.

»Keine Lust«, sage ich. »Die Typen waren mir zu stressig.«

»Habt ihr schon mit jemandem darüber gesprochen?«, fragt Jes nun. »Mit diesem Stallone zum Beispiel?«

»Gibt's den auch noch?«, fragt Sascha. »Wir haben ihn schon ewig nicht mehr gesehen.«

»Es gibt ihn noch«, sagt No, »und er scheint sogar einen Job gefunden zu haben.«

»Was für einen denn?«, frage ich.

»Keine Ahnung.« No zuckt mit den Schultern. »Irgendwas mit abheben. Dieser Kerl hat doch ständig irgendwelche Späße auf Lager.«

»Vielleicht Karten abheben?«, rätselt Sascha.

»Vielleicht«, sagt No zustimmend und beginnt Tomaten für den Salat zu schneiden.

Im Dorf geht die Angst um vor einem Mörder. Und der, das steht für die meisten fest, kann nur der Förster sein. Es ist einfach unglaublich, was jetzt abläuft. Gestern kam Artur in das kleine Lebensmittel-Geschäft neben der Kirche. Sascha, No und ich waren auch gerade da. Außer uns haben alle anderen sofort den Laden verlassen. Joseph Schädel, der Besitzer, hat eine ganze Weile auf die Ladentheke gestiert und schließlich gesagt: »Es ist besser, Artur, wenn du für 'ne Weile dein Zeug woanders kaufst.«

»Dann werden wir unser Zeug auch woanders kaufen.« No war plötzlich stinkwütend und hat einfach ein Glas Gurken aus der Hand fallen lassen.

»Warum denn?« Joseph hat plötzlich ängstlich aus der Wäsche geguckt und ist hin und her gewieselt. Meine beiden gehören zu seinen besten Kundinnen. Kaufen auf Qualität ein.

»Du verstehst es ja doch nicht«, erwiderte No, zuckte die Schultern und ist hinter Artur aus dem Laden gegangen. Der Förster hat draußen auf uns gewartet. Völlig grau im Gesicht.

»Du kannst dir nicht alle meine Feinde auch zu Feinden machen, Nora.«

»Warum denn nicht? Viel Feind, viel Ehr.« No hat mächtig »genot« und ziemlich biestig zu Joseph gesehen, der in der Ladentür stand und bedeppert zu uns rübersah.

»Früher«, sagte No ganz laut, »stand an diesem verdammten Kramladen ›Juden unerwünscht‹. Heute würde er am liebsten schreiben ›Förster unerwünscht‹.«

»Jetzt mach doch bloß nicht so einen Zirkus, Nora.« Joseph hat fast verzweifelt die Hände gerungen. »Ich habe nichts gegen Artur, aber die Zeiten sind nicht so besonders. Und ich kann nicht das halbe Dorf als Kundschaft verlieren.«

»Dein Vater hatte auch nichts gegen die Juden«, sagt No giftig. »Aber kaufen durften sie trotzdem nicht.«

»Los, kommt einkaufen«, sagte Joseph. Ihm stand jetzt merklich der Schweiß auf der Stirne. »Du auch, Förster.« Und er hat sogar die Stimme gehoben und laut gebrüllt: »Wem das nicht passt, der kann mich mal.«

»Bravo, Joseph. Mut muss belohnt werden.« No grinst Artur an. »Los, gehen wir einkaufen. Und ich möchte wetten, Joseph gibt uns heute sogar mal Rabatt.«

»Also, Nora, das kann ich wirklich nicht auch noch.« Joseph hat ganz entsetzt mit den Händen gefuchtelt und ist hinter seine Theke gerannt.

»Zur Not geht's auch ohne.« No hat Artur angestoßen und gegrinst.

Und zum ersten Mal, seit ich hier bin, sehe ich auch den

Förster Artur wieder lächeln. Er betritt hinter No und uns Josephs Laden und kauft seinen Kram ein.

Am Abend bei Julio in der Wirtschaft dasselbe Theater. Niemand, außer Julio und Stallone, setzt sich zu Artur an den Tisch. Als er dann nach Hause aufbricht, sind an seinem Jeep sogar die Reifen zerstochen.

Am wildesten spielen sich Benitos Stammpatienten auf. Als ob der Mörder nicht ihren Wunderdoktor, sondern sie selber auf dem Gewissen hätte.

»Ein anderer als Benito fasst mir jedenfalls nicht ins Maul«, schreit Gustav Jäger, mit riesiger Binde um den Kiefer. »Eher sterbe ich.« Und Julia Rotstein krakeelt so laut, dass einem die Ohren schmerzen. Seit Benitos Tod hätte sie beidseitig das Gehör verloren.

»Solange ich denken kann, bist du doch schon taub wie eine Nuss«, hält ihr mein Schäfer Lenhard ärgerlich entgegen. »Schon in der Schule, vor fünfundfünfzig Jahren, hast du kaum etwas verstanden.«

»Was tut versanden?«, kräht Julia. Dann gibt sie sich selbst die Antwort: »Die Weißbach? Also dieser Förster! Man glaubt es nicht.«

Mir tut Artur Leid, obwohl ich mir die Sache mit dem toten Hannibal auf seinem Wagen nicht erklären kann. Noch mehr liegt mir Benitos Tod auf der Seele. Er war ein merkwürdiger Mann. Aber zu mir war er immer gut. Und ich könnte mich ohrfeigen, dass ich ihn in seiner Einsamkeit und Verzweiflung nicht viel öfter besucht habe.

Heute wird Benitos Haus geöffnet. Es war nach dem Mord vom Gericht versiegelt worden. Das halbe Dorf steht wieder mal umher und schnattert so laut, dass die Tauben immer wieder erschrocken aus ihren Schlägen fliegen. Jetzt kommen Pater Dominic und der Amtsgerichtsrat Reich mit langen Schritten den Kirchberg herunter. Sofort schreit die alte Julia den beiden Männern entgegen: »Ich beantrage Benitos Vorräte an Ohrentropfen. Aber zum Hinterbliebenenpreis.«

Und Gustav Jäger, Schornsteinfegermeister im Ruhestand, besteht auf vierzehn Kilo Zahnbalsam, die er Benito schon vor Jahr und Tag bezahlt haben will. Der Krach wird ohrenbetäubend. Alles will noch schnell ein paar Tropfen, ein paar Pillen, Salbe und Heilkräuter, natürlich aus Geschäftsauflösungsgründen stark herabgesetzt, ergattern. Ich kann mich mal wieder nur wundern. Die Leute hier in Hundertach sind fast alle prima Typen. Aber im Augenblick sehen sie aus wie zerrupfte Geier, die wie blöde in der Gegend umherhacken. Auf einmal donnert Pater Dominic: »Schämt ihr euch denn gar nicht, ihr verfluchten Leichenfledderer?« Er geht drohend auf den alten Gustav los. »Wie viel Zahnbalsam hattest du von Benito gekauft, 14 Kilo?« Er deutet zum Himmel. »Aber denke daran, er weiß es.«

Gustav senkt den Blick und murmelt verlegen: »Vielleicht auch nur 140 Gramm. Mein Gedächtnis hat sehr nachgelassen, Dominic.«

Jetzt geht der Pater auch auf Julia los. Doch die hat es plötzlich schrecklich eilig. »Ich muss zur Fußpflege«, schreit sie heftig und flattert wie eine lahme Krähe die Straße runter zur Bushaltestelle. Es wird endlich ruhig vor dem Haus. Der Amtsgerichtsrat entfernt die Siegel und tritt mit dem Pater ein. Sascha und ich, als Freunde und wahrscheinlich letzte Patienten des Verstorbenen, gehen einfach hinterher. Nach uns drängt das halbe Dorf ins Haus.

Plötzlich entsteht draußen wieder ein lautes giftiges Gemurmel. Artur, der Förster, ist aufgetaucht. Er schiebt sich durch die Menschen, versetzt auch mal einem gar zu unverschämt Dastehenden einen Puff und kämpft sich allmählich bis zu Benitos Haus durch.

Der Frisör sagt laut und deutlich: »Den Täter zieht es zum Schauplatz seiner Schandtat zurück.«

Da klatscht es. Ich denke erst, Artur selbst hat ihm eine geknallt. Aber es ist meine sonst so liebe Großmutter Jessica, die sich vor dem Frisör aufgebaut hat.

»Du bist ein Denunziant«, sagt sie laut, »und ein Lügner obendrein. Und ihr«, das sagt sie zu den anderen, »solltet euch schämen einen anständigen Menschen so zu behandeln. Habt ihr nicht Angst, eines Tages auch so behandelt zu werden? Ich jedenfalls lege für Artur meine Hand ins Feuer.«

Wieder kommt Gemurmel auf. Doch noch nicht einmal mehr halb so laut wie eben. Der Förster ist ins Haus gegangen. Er wandert in den Räumen umher und scheint nach etwas zu suchen. Jetzt hat er es gefunden. Er beugt sich unter einen Schrank, kommt wieder hoch, mit zwei langen Stangen in der Hand. »Ich wusste es«, sagt er. Weder gehässig, noch wütend, ganz sachlich sagt Artur zum Pater und dem Amtsgerichtsrat Reich: »Ich wusste, dass ich so etwas hier finden würde.« Er hat zwei prächtige Welschbockstangen in der Hand und hebt sie hoch. »Das sind keine Abwürfe vom letzten Jahr. Sie wurden von einem Welschbock gewaltsam abgetrennt. Benito war ein Wilderer.«

»Du solltest das Andenken deiner Opfer nicht auch noch besudeln!«, schreit der Frisör laut und böse.

Der Förster ist leichenblass. Er lässt die Geweihstücke fallen, drückt Jessica sein Gewehr in die Hand und geht auf den Frisör los. Der aber wartet gar nicht erst ab, bis Artur bei ihm ist. Er hat es auf einmal genauso eilig wie eben Julia und fegt die Straße runter zu seinem Salon.

Es ist Freitag. Wir stehen diesmal nicht, sondern sitzen oben auf der Hochebene am Rand des Hassfeldes und sehen zu, wie Stallone abhebt. Mit einem Sechssitzersportflugzeug. Die Maschine gehört Alois, einem Hotelgast. Ganz plötzlich ist er aufgetaucht. Er will eine Fluglinie für Urlauber einrichten, weil er glaubt, dass hier in den nächsten Jahren was losgehen wird in Sachen Tourismus. Als ihm Stallone am Abend in der Kneipe sagte, dass er einen Pilotenschein hat, war der Typ total happy und hat Stallone einen Job angeboten.

»Du bist mir schon ein komischer Arbeitsloser«, hat Julio danach verblüfft zu Stallone gesagt. »Muskeln wie ein Bodyguard, Karten spielen wie 'n Profizocker. Jetzt fliegst du auch noch wie James Bond.«

Stallone hat sich umgedreht, ob auch niemand zuhört, und hat dann vertraulich zu Julio und dem anderen Typen gesagt: »Ich bin James Bond, aber redet nicht darüber.« Julio und der Typ haben schallend gelacht. Dann sind sie nach nebenan gegangen und wir haben eifrig die Ohren an die Türe gelegt, aber nicht alles verstanden. Nur, dass Stallone bei einer UNESCO-Spezialeinheit im Nahen Osten gedient hat. Aber dort rausgeflogen ist wegen gewisser Kontakte und Geschäfte. Er hat seinen Sportpilotenschein nur behalten können, weil seine Chefs gar nicht wussten, dass er überhaupt einen hatte. Die Hubschrauberlizenz musste er abgeben.

»Konnte ich mir gleich denken, dass mit dem Typen was nicht stimmt«, sagt Sascha auf dem Nachhauseweg. »So was von cool ist sowieso nicht normal.«

»Ich konnte mir gar nichts denken«, sage ich. Ich bin zwar ebenso enttäuscht und sauer, weil mir klar ist, was für Geschäfte Stallone gemacht hat. Ich finde den Typen aber irgendwie noch immer gut.

»Vielleicht braucht er einfach nur 'ne neue Chance«, sage ich zu Sascha. »Von mir kann er sie haben.«

»Von mir auch«, erwidert Sascha nach einer Weile. »Die Frage ist nur, ob er sie will.«

Und jetzt sitzen wir hinter Stallone. Wir sind seine ersten Passagiere.

Alois, dem die Kiste gehört, wollte zwar nicht und hat erst ziemlich gemeckert. Das wäre ein Flugzeug und kein Kinderkarussell. Stallone aber hat eiskalt gesagt, dass er sich noch nicht mal vom UNO-Generalsekretär etwas vorschreiben lässt und dass es verdammt gute Gründe gibt, uns mitzunehmen. Da hat Alois nachgegeben.

Stallone dreht sich um und zwinkert uns zu.

»Hals und Beinbruch«, sagt er und gibt Gas. Dann rollt er zum Start. Ich bin noch nie geflogen. Sascha auch nicht.

Dass es ausgerechnet über Hundertach und mit Stallone passiert, ist die absolute Sensation des Tages. Stallone tourt die Maschine hoch, schiebt das Steuer nach vorn und ab geht es, steil nach oben. Zuerst habe ich eine verdammte Angst. Der Magen hebt sich, in den Ohren dröhnt es und die Spucke schmeckt nach Metall.

Ich schiele neben mich zu Sascha. Auch er ist kreidebleich, hat die Augen ganz fest zugedrückt und rührt sich nicht. Jetzt sind wir oben und Stallone fliegt eine große Schleife. Es ist einfach sagenhaft, wie winzig plötzlich alles geworden ist. Die Wälder, für die man Tage braucht, um sie zu durchwandern, sind auf einmal überschaubare Vierecke. Der Weg von Hundertach zur Hochebene ist nur noch ein paar Zentimeter lang und das Dorf ein Häufchen Häuser mit ein paar winzigen Menschen.

Stallone zieht die Schleife jetzt größer und startet kräftig durch. Wir werden in die Sitze gepresst. Sascha stöhnt angstvoll auf.

»Mann, sieh doch mal runter«, sage ich zu ihm. »Das ist herrlich. So was siehst du nie wieder.«

»Sowieso nicht«, sagt Sascha und hält die Augen krampfhaft geschlossen. »Ich überlebe das nicht.«

»Warum fliegst du dann mit?«, fragt der Typ neben Stallone und schüttelt ärgerlich den Kopf. »Er wird uns in die Maschine kotzen«, sagt er dann wütend.

»Wird er nicht.« Stallone dreht sich zu Sascha um. »Und wenn, machen wir es wieder weg.«

»Eine Schnapsidee, die Kinder mitzunehmen«, sagt der Typ ärgerlich. Er greift nun aber selber hastig nach dem Taschentuch, weil die Maschine durchsackt. »Die haben hier nichts zu suchen.«

Stallone zuckt die Schultern und sieht den Typen cool an.

»Meinst du wirklich, die Touristen lassen ihre Kinder unten und fliegen alleine?«

Alois antwortet nicht und Stallone fliegt eine weitere Schleife. Diesmal ziemlich tief über unser Dorf. Die Leute stehen wie immer auf der Straße und verrenken sich die Hälse. Ich erkenne den Pater, den Frisör, Anselma. Julio, den Gastwirt, sehe ich jetzt auch. Er steht neben Jes und No. Sie halten die Hände vor den Mund. Meine Tante No droht heftig mit der Faust. Wenn sie ein Flakgeschütz zur Hand hätte ...

»Mach dir nichts draus«, sage ich zu Sascha. »Julio hat sie bestimmt beruhigt, bis wir wieder unten sind, das sehe ich von hier aus.« Und noch etwas sehe ich. Den Jeep von Artur, dem Förster. Er fährt in diesem Moment ins Dorf ein und stoppt vor Jes und No. Nach Artur steigt eine zweite Person aus dem Wagen. Sie läuft auf meine beiden zu und fällt ihnen um den Hals.

»Sieh mal runter, Mann«, sage ich zu Sascha. »Dort unten steht die coolste Frau der Welt.«

Er aber hält die Augen weiterhin fest geschlossen. Den Mund übrigens auch. Dafür sieht Stallone runter. Er pfeift erstaunt und sagt: »Scheint wirklich eine irre Frau zu sein.«

»Sie scheint nicht nur so, Mann«, sage ich zu Stallone, »Sarah ist irre.«

»Schade, dass du nicht im Dorf runtergehen kannst«, sage ich dann. »Meine Mutter würde Bauklötzer staunen.«

»Die staunt sie bestimmt auch so.« Stallone grinst. »Bei Typen wie euch kommt man nämlich aus dem Staunen nicht heraus.«

Sarah staunt nach unserer Landung zwar keine Bauklötzer. Dafür aber Sascha und ich. Meine Mutter ist gekommen, um uns abzuholen.

Wir sitzen am Tisch auf der Veranda. Die Fenster sind geöffnet. Der Wind kommt direkt von den Bergen und hat wie immer einen Duft nach Honig. Das liegt an den Enzian- und Steinrosenfeldern, über die er streicht und die man in der Abendsonne leuchten sieht, wie einen riesigen bunten Pullover, den sich die Berge übergestreift haben. Jes und No haben kolossal aufgefahren. Sarah futtert emsig. Stallone und Artur auch. Mein Freund Sascha hat zwar ein absolutes Sorgen- und Wutgesicht aufgesetzt. Aber auch er fährt ein, als ob eine dreimonatige Hungerkur hinter ihm läge. Nur ich bekomme keinen Bissen runter.

»Du musst das einsehen, Antonio«, sagt No und tupft verlegen auf ihrem Teller rum. »Nach allem, was hier oben geschehen ist und vielleicht noch geschieht, konnten wir die Verantwortung für euch nicht mehr übernehmen.«

»Gar nichts sehe ich ein.« Ich merke, wie mir irgendetwas in die Nase steigt. Und Sascha sagt giftig: »Da hat man das ganze Jahr Stress und wird jetzt auch noch um seine Ferien gebracht.«

»Niemand bringt euch um die Ferien«, sagt Sarah. »Ich habe mit deinem Vater telefoniert. Du bleibst jetzt eine Woche bei uns und fährst dann mit Antonio nach Holland ans Meer. Ist ja auch nicht schlecht, oder?«

»Ferienkiller«, sage ich zu No. »Das hätte ich nie von dir gedacht.«

»Nimm das sofort zurück!«, brüllt auf einmal Artur los und langt auch schon über den Tisch. Ich kann mich gerade noch abducken und der Förster setzt sich nach einer Weile wieder hin.

Weil ich stinksauer bin auf die ganze Welt und schwer gestresst, sage ich zum Förster: »No ist ein Ferienkiller und du bist ein Tierkiller.«

Am Tisch herrscht einen Augenblick tiefes Schweigen. Artur springt noch mal auf, überlegt wohl, ob er mir doch eine verpassen soll, lässt es aber bleiben und geht zur Tür.

»Einen Augenblick, Artur«, sagt meine Großmutter. Sie macht ein Gesicht, wie ich es noch nie bei ihr gesehen habe. Sie schlägt jetzt krachend mit der Hand auf den Tisch: »Wenn ich noch Zweifel hatte, dass dich deine Mutter von hier wegholt, jetzt habe ich keine mehr. Je schneller du hier verschwindest, umso besser. So lasse ich weder mit meiner Schwester noch mit meinen Freunden umgehen.«

Ich sitze da und fühle mich wie durch Eiswasser gezogen. Artur will noch etwas sagen, winkt aber ab und geht. Auch Sarah sitzt da und sieht schweigend vor sich hin. Nur Stallone zwinkert mir beruhigend zu und grinst sogar einen Augenblick. »Es gibt doch immer wieder Ferien, Antonio.«

»Aber nicht mehr hier oben«, sage ich. »Hierher komme ich nie mehr, verstehst du, und wenn sie auf Knien rutschen.« Jetzt fange ich auch noch an zu heulen, wegen dem ganzen Stress. »Außerdem, du siehst es doch, die wollen mich nicht haben.«

»Wir wollen dich, Antonio«, sagt No und macht ein Gesicht, als ob sie am liebsten mitheulen würde. »Aber in diesem Sommer ist alles anders.«

»Ihr seid auch anders«, sagt Sascha und fängt nun auch an zu heulen. Er ist ein echter Freund, legt mir seinen Arm um die Schultern.

Wir heulen zusammen, die anderen aber fangen an zu lachen. Weil Sascha gar nicht wissen kann, ob Jes und No wirklich anders sind. Schließlich erlebt er sie gerade zum ersten Mal. Mich aber schüttelt noch immer das große Heulen. Nicht nur, weil wir fortmüssen. Auch wegen Artur. Manchmal sagt man nur Mist, obwohl man es eigentlich gar nicht will. Ich stehe auf und gehe nach oben in die Mansarde.

Sascha kommt mir hinterher. »Willst du etwa schon schlafen, Mann?« Ich zucke die Schultern und trete ans Fenster. Mein Blick geht hinauf zum Hassfeld. Der Mond liegt über der Ebene und an der Satanseiche tanzen wieder die Augen.

Es ist unser letzter Tag. Während Sarah packt, treiben wir noch einmal mit Lenhard auf. Nur weil der Schäfer Jes und No versprochen hat nicht an der Satanseiche vorbeizutreiben und weil Stallone mit seiner Kiste oben in der Luft ist und alles beobachten kann, durften wir überhaupt mit. Die Herde marschiert gemächlich vorwärts. Mein Schäfer sieht müde und alt aus.

»Wir werden wohl keine Ferien mehr zusammen haben, Antonio«, sagt er traurig, bleibt stehen und stützt sich auf seinen Stock. »Diese hier sollten etwas ganz Besonderes für uns werden. Aber es ist anders gekommen.«

Ich merke, dass ich schon wieder heulen muss, versuche noch die Sache abzublocken. Ich kann es aber nicht. Es läuft mir schon wieder ozeanartig über das Kinn. Ich will Lenhard sagen, dass alles Blödsinn ist und dass so ein Jahr verdammt schnell vorbeigeht. Aber ich schenke es mir. Der

Schäfer weiß immer, was er sagt. Auch wenn sich das oft merkwürdig anhört. Und wenn er sagt, das Böse ist da, dann ist es da. Ich spüre es jetzt auch. Irgendetwas Schreckliches ist in die Berge gekommen. Um zu töten. Tiere und Menschen. Ich fühle den großen Kummer meines alten Freundes und fasse nach seiner Hand. Dann aber helfe ich ihm bei der Arbeit. Ich laufe an die Spitze und ans Ende. Der Admiral marschiert wie immer mit und erledigt, was ich nicht schaffe. Gottfried, der Ziegenbock, ist ziemlich friedlich. Er senkt zwar immer mal seine Hörner und versucht einen Stoß zu platzieren. Aber so rechte Lust auf Streit scheint er nicht zu haben.

Wir haben das alte Weingartental hinter uns gebracht. Nur der Name erinnert daran, dass hier im Hochgebirge mal Wein angebaut wurde. Er soll krachsauer gewesen sein und sogar dem Teufel das Saufen abgewöhnt haben. Heute wachsen hier Himbeersträucher und Seidelbastbüsche. Es riecht wunderbar und die Herde hat eine Menge abzufuttern. Dann biegen wir wieder auf den Weg zur Weißbach ein. Alles zum letzten Mal. Jedenfalls in diesen Ferien, die eigentlich noch gar nicht begonnen hatten. Sascha schimpft die ganze Zeit vor sich hin. Er äfft sogar nach, was ich vor ein paar Tagen im Zug so von mir gegeben habe: »In Hundertach ist echt was los. Der beste Platz in der europäischen Union. Zum Kotzen. Solche Schrottferien habe ich noch nie gehabt.«

»Erst mal sehen, wie das in Holland wird«, sage ich gereizt. »Außer Omelettkochen läuft doch da gar nichts.«

»Hier doch auch nicht.« Sascha tritt wütend nach einem Löwenzahn.

»Du machst mir Spaß, Mann.« Ich fange an aufzuzählen: »Die Satanseiche, die roten Glotzen, die Notbremse, eine echte Leiche, der Alien und ein Rundflug mit Stallone. So viel erlebst du sonst in einem Jahr nicht wie hier in Hundertach in vier Tagen.«

Sascha zuckt die Schultern. »Ich hab schon mehr erlebt in vier Tagen.« Dann aber, als er sieht, wie es um mich steht, schüttelt er den Kopf und sagt: »Nee, Antonio, ist schon toll hier. Deshalb bin ich doch so sauer.«

Ich überlege, ob ich ihm schnell noch mal die Habichtsburg zeige. Wer weiß, ob er je wieder mitkommt, und wer weiß, wann ich wieder hier bin. Als ob mein Schäfer erraten hätte, was ich ihn fragen will, sagt er: »Es geht heute nicht so recht vorwärts mit der Herde. Irgendwas scheint in der Luft zu liegen. Vielleicht ein Gewitter. Ihr solltet nach Hause gehen.«

Ich denke aber noch nicht mal im Traum daran, nach Hause zu gehen. Nur Lenhard soll es ruhig denken. Denn wenn ich ihm sage, wo wir hinwollen, würde er das glatt verbieten. Er hasst das alte Gemäuer fast genauso wie die Eiche. »Es ist ein Ort, an dem die Schuld zu Hause ist«, sagt er und hat immer ziemlichen Ärger gemacht, wenn ich alleine oder mit Kindern aus dem Dorf dorthin zum Spielen bin.

Bis zur Burg ist es gar nicht mal weit. Nach 20 Minuten kündigt sich das Gemäuer schon an. Überall liegen Mauerreste umher. Ein alter Wachturm steht am Weg und da ist auch schon die Habichtspforte; ein Torbogen, der den Pfad überspannt und in den das Wappen derer von Habicht eingemeißelt ist. Zuerst laufe ich mit Sascha zur Teufelskanzel. Sie klebt wie ein Habichtsnest am Berg. Man hat von hier aus eine enorme Sicht über das Gebirge. Ich staune mal wieder, wie schön es hier ist und sicher auch immer war. Trotz der Schnapphähne, die hier oben standen und nach Beute äugten wie die Habichte. Wenn darunter ein Kaufmannszug durchzog, sind sie auf die Pferde und haben die Leute überfallen, verschleppt, oft auch totgeschlagen. Immer wieder, jahrhundertelang.

»Was die Menschen früher alles mitmachen mussten. Jeder Abzocker, Dieb und Räuber – wenn er eine Waffe und zwei Kumpane hatte – konnte machen, was er wollte«, sage ich zu Sascha.

Er nickt: »Ich frage mich nur, warum die Leute trotzdem weiter Handel getrieben haben. Warum sie weiter ihre Felder bestellten, Tiere züchteten, wenn sie immer damit rechnen mussten, beklaut, ausgeplündert und totgeschlagen zu werden.«

»Vielleicht wegen ihrer Sehnsucht«, vermute ich. »Eine furchtbare Sache oder eine ganz schlimme Zeit übersteht man nur durch Sehnsucht. Wenn es mir mal dreckig geht, in der Schule oder wegen Sarah, dann stelle ich mir vor, wie es ist, wenn alles vorüber ist. Und schließlich ist es dann auch vorbei. So wird es den Menschen damals auch gegangen sein. Ab und zu hatten sie mal Ruhe vor den Typen. Die waren vielleicht an der Pest krepiert, manchmal auch fromm geworden oder unterwegs auf Kreuzzügen. In dieser Zeit konnten die Leute vielleicht glücklicher sein.«

Wir laufen weiter ein Stück am Berg entlang und sind jetzt im Hof der Burg. Ein altes, fast weißes Gemäuer. Und noch immer so gewaltig, dass es der Wald in vielen hundert Jahren noch nicht geschafft hat, die Burg ganz verschwinden zu lassen. Der alte Brunnen. Ein Loch wie ein grinsendes Maul. Die Ränder von Unterholz bewachsen. Sascha wirft einen Kiesel in den Brunnen. Es dauert ewig. Doch ein Aufschlag ist nicht zu hören.

»Wenn hier mal einer reinsegelt.« Sascha hält sich an einem Baum fest, beugt sich weit vor und ruft: »Hallo.« Wieder wirft er einen Stein und horcht lange. Es ist absolut nichts zu hören.

»Das kann doch nicht so tief sein«, sagt er verwundert.

»Ist es aber«, sage ich. »Man weiß auch nicht genau, ob das hier der Brunnen oder ein Fluchtgang der Schnapphähne war. Er soll unter der Burg durchlaufen und erst drei Kilometer weiter, im Schloss St. Gudrun, enden.«

»So eine Raubritterburg ist echt mal was anderes.« Sascha ist beeindruckt. »Nicht so langweilig wie diese ganzen Schlösser und Festungen, wo jeder mit seinem Auto ranfahren kann und ein paar Ansichtskarten kauft.« Er gähnt: »Jetzt würde ich gern was essen, Antonio. Schade ...«

»... dass es hier keine Dönerbuden und Würstchengrills gibt«, grinse ich.

Sascha schluckt und will sich ins Gras fallen lassen. Da sieht er unten am Hang den Eingang. »Was ist das dort unten?«

»Ein Bergrutsch. Dahinter liegt das Verlies, in dem die verfressensten Leute des ganzen Gebirges sitzen mussten, bis sie keinen Hunger mehr hatten.«

Er zeigt mir einen Vogel und will sich auf den Weg dorthin machen. Da kracht auf einmal ein Donner über die Berge und noch einer. Jetzt kommen schon Blitze. Es wird schlagartig dunkel. Hier oben ist das oft so. Als ob die Nacht hereinbricht, so dunkel wird es innerhalb weniger Minuten.

Ich will mit Sascha gerade rüber zum Verlies spurten. Dort wären wir sicher vor Blitz und Regen. Da krallt er mir plötzlich die Hand in den Arm. Aus der Dunkelheit des Verlieses, noch halb verdeckt durch die geborstenen Mauern, taucht eine Gestalt auf. Inmitten der mächtigen, steinernen Trümmer einer untergegangenen Welt, ein Gesicht, das kaum zu erkennen ist, aber wirklich Grauen hervorruft.

»Der Alien«, keucht Sascha und sieht mich entsetzt an. Dann aber überkommt ihn wohl wieder sein Angstmut. Er sieht sich um und fasst nach einem mächtigen Steinbrocken. Dann schiebt er mir einen zweiten zu.

»Wir klettern auf die Mauer und knallen ihm das hier von oben vor die Birne.«

»Bist du beknackt?«, zische ich zurück. »Als Alien hat der uns doch längst in seinen Sensoren.«

Sascha bibbert mal wieder wie Espenlaub und stöhnt plötzlich jämmerlich auf. Und auch ich kann nicht anders, als einen erschrockenen Schrei auszustoßen. Der Alien hält etwas vor sich, das früher mal ein Kopf war und einem Tier gehörte, das den Namen Mussolini trug. Das Gehörn ist so einmalig und so unverwechselbar, dass ich es sogar in diesem schrecklichen Augenblick und in der Dämmerung des Verlieses gut erkennen kann. Unser Aufschrei muss den Alien alarmiert haben. Die grünen Lichter glotzen zu uns herüber.

»Weg!«, schreit Sascha und haut ab. Ich im gleichen Tempo hinterher. Ab und zu sehe ich mich um, ob wir verfolgt werden. Es kommt aber niemand hinter uns her. Den Weg zu Lenhard zurück schaffen wir diesmal in zehn Minuten. Die Herde ist ein Stück weitergezogen. Das Gewitter hat die Tiere mobiler gemacht. Der Schäfer sieht uns entgegen. Er hat sich sicher gewundert, dass wir ohne Abschied weggegangen sind. Doch er lächelt nur sein trauriges und nachdenkliches Lächeln. Da fährt ein fürchterlicher Donner über das Gebirge, gefolgt von einem grellen Blitz. Als ob eine schreckliche Schlacht begänne, so kracht und schallt es um uns herum. Einer der fürchterlichen regenlosen Stürme zieht auf. Wehe dem Bergsteiger, der jetzt in einer offenen Wand steht, oder dem Schäfer, der seine Tiere gerade über eine ungeschützte Ebene treibt.

»Wir müssen zur hängenden Wand«, ruft uns Lenhard zu. »Schnell, damit die Herde nicht auseinander läuft.« Jeder von uns übernimmt eine Seite. Der Schäfer läuft vorne rechts. Sascha und ich links. Der Admiral arbeitet hinten ganz alleine. Die Schafe sind in großer Unruhe. Es gelingt uns dennoch, die Richtung zu wechseln und gut vorwärts zu kommen.

»Wir schaffen es nicht zur hängenden Wand!«, schreit Lenhard und sieht zum Himmel. »Wir müssen in den Wald, zum Dreifrauenstein.«

Das Unwetter wird immer stärker. Die schlankeren Bäume biegen sich schon fast bis zur Erde. Wir laufen wie Cowboys ohne Pferde an den Seiten auf und ab, um die Schafe, die vor Angst immer wieder auszubrechen versuchen, in die Herde zurückzutreiben. Die meiste Arbeit hat der Admiral. Neben und vor uns krachen schon dicke Äste zu Boden. Die Schafe schreien immer angstvoller. Dieser Admiral aber ist wie ein Blitz immer dort zur Stelle, wo er am meisten gebraucht wird. Endlich sehen wir die Umrisse des Dreifrauensteines. Gewaltige Felsen, die an drei, in lange Gewänder gekleidete Frauen erinnern. Die Schafe laufen, von ihrem Instinkt getrieben, eilig auf das Felsmassiv zu. Um den südlichen Felsen, der Frau Domenica genannt wird, zieht sich eine Art Schürze, die an der Vorderseite wie vom Wind angehoben ist und ein natürliches, gewaltiges Dach bildet. Dorthin dirigiert der Schäfer seine Herde.

Fünf Minuten später ist die ganze blökende und bellende Gesellschaft außer Gefahr. Wir atmen durch und machen es uns auf einem Felsblock gemütlich. Sascha äugt zur Schäfertasche. Er macht sich bestimmt Gedanken, ob es auch für drei reichen wird. Jetzt hören wir Lenhard rufen: »Gottfried, zurück!«

Der Ziegenbock hat sich trotz des krachenden Unwetters mal wieder selbstständig gemacht und steuert von Lenhards Rufen unberührt das gegenüberliegende Waldstück an.

Der Schäfer sieht kopfschüttelnd zu dem galoppierenden Ziegenbock hinüber und sagt: »Ich habe nicht an die Salzlecke gedacht. Da ist dieser Ziegenkerl einfach nicht zu halten. Der Förster hat für die Welschböcke gegenüber der Dreifrauensteine eine Salzlecke angelegt. Die Tiere brauchen das. Außerdem verschafft sich Artur mit dem Salz eine gute Übersicht und weiß immer, was in der Herde los ist.«

Gottfried hat seinen Galopp ganz plötzlich unterbrochen und äugt aufmerksam auf ein Dickicht, das wie ein Vorhang die Waldlichtung teilt.

»Hol ihn zurück, mein Junge«, sagt der Schäfer jetzt ärgerlich und fast entschuldigend zum Admiral. Man sieht, wie Leid es ihm tut, seinen Hund schon wieder loszujagen. Der Admiral springt sofort in großen Sprüngen auf Gottfried zu, der noch immer witternd steht, aber plötzlich ein paar mächtige Sprünge nach vorne auf das Dickicht zumacht. Ganz unvermutet und wie aus heiterem Himmel höre ich Lenhard schreien. Mit einem Grauen in der Stimme, wie ich es nie von ihm gehört habe, schreit der Schäfer: »Komm zurück, Admiral, zurück!«

Doch es ist zu spät. Die roten Augen sind da. Sie schweben einen Augenblick über dem Ziegenbock und wollen sich auf ihm niederlassen. Gottfried aber macht einen Sprung zur Seite und senkt angriffslustig die Hörner.

Ich höre den Schäfer noch immer mit dieser unmenschlichen, jammervollen Stimme rufen: »Zurück, Admiral! Mein Hund, mein guter Hund«. Jetzt jagt Lenhard selber los. Über das Feld, hinüber auf das Dickicht zu, über dem die Augen ebenso spurlos verschwunden sind wie auch Gottfried und der Hund. Und auf einmal verstehe ich, was es heißt, dass sich einem die Haare sträuben. Meine Wolle spießt wie hundert Fahrradspeichen zum Himmel.

Der Schäfer erreicht das Dickicht. Er schreit noch immer voll Verzweiflung nach dem Hund. Doch der Admiral ist wie vom Erdboden verschluckt. An seiner Stelle aber ist das Böse da. Die roten Augen steigen wieder auf, setzen sich auf Lenhard und reißen ihn zu Boden.

Der Geländewagen macht Sprünge wie ein Känguru. Ich hätte nie gedacht, dass Sarah so Auto fahren kann. No sitzt vorn neben meiner Mutter und klammert sich an dem Griff unter dem Armaturenbrett fest. Sascha und ich hüpfen auf den Hintersitzen hin und her. Es sind noch ein paar Kilometer bis zum Dreifrauenstein.

Sarah bremst kurz ab. Sie überlegt, ob sie den schmalen, nassen, aber sehr viel kürzeren Weg durch das Schwedenmoor nehmen soll oder die breite Rollbahn für die Holzfahrzeuge um das Moor herum.

»Fahr durchs Moor«, sagt No. »Es ist trocken genug. Es passiert uns schon nichts.

Sarah gibt wieder Gas und steuert rein in die grüne Hölle, in der es ewig gluckert und schmatzt, in der aber auch jede Menge Tiere zu Hause sind. Am meisten Wasservögel, die nun lärmend emporsteigen.

Sarah legt krachend den Geländegang rein, ohne das Tempo zurückzunehmen. Der Wagen schnellt durch Pfützen, über Steine und vermoderte Baumstümpfe.

»Mein Gott, wo hast du das nur gelernt?« No schüttelt bewundernd den Kopf über Sarahs Fahrkünste. »Wenn ich bedenke, was für eine Kunst für mich schon das Fahrradfahren ist.«

»Mein Vorletzter hatte eine Geländewagenvermietung«, sagt Sarah und schaltet wieder hoch. »Das Einzige, was mich nicht gelangweilt hat an ihm, waren seine Autos.«

Der Dreifrauenstein kommt in Sicht. In mir steigt wieder das Grauen hoch. Eigentlich bin ich es noch gar nicht richtig losgeworden. Lenhard war zu Boden gegangen, die roten Glotzen haben noch ein paar Minuten auf ihm gehockt und sind dann verschwunden. Und ich machte mich fertig für meinen allerschwersten Gang. Rüber, um nach meinem alten Freund zu sehen.

»Wenn du dort hingehst, machen sie dich auch alle«, hatte Sascha gekeucht und zitterte dabei wie Espenlaub.

»Ich lasse Lenhard dort nicht liegen«, habe ich geheult und bin einfach losgetaumelt, auf die Stelle zu. Zitternd wie einer, der weiß, dass ihm im nächsten Augenblick von irgendwelchen Monstern der Schädel eingeschlagen wird oder dass sie ihn auslutschen werden wie eine überreife Stachelbeere.

Sascha hat sich mir in den Weg gestellt. »Du gehst nicht dort rüber! Wir laufen ins Dorf und holen Hilfe.«

Ich habe nur den Kopf geschüttelt und bin weitermarschiert. Einen Freund wie Lenhard kann man nicht liegen lassen. Bei so einem Unwetter, mitten im Wald, Aliens oder anderen Viechern ausgeliefert, die mit Sicherheit noch viel mehr draufhaben, als nur durch die Luft zu torkeln, rot zu glotzen und alles, was lebt, von den Beinen zu holen.

Sascha aber gab nicht nach.

»Du kannst nicht dorthin«, schreit er immer wieder und

zieht mich ein ums andere Mal zurück. Schließlich gab ich es auf, weil ich einsah, dass er Recht hatte. Warum sollten mir diese Dinger, die bisher alles was ihnen zu nahe gekommen war, umgehauen hatten, nichts tun. Ich rief zu der Stelle, an der mein Schäfer zu Boden gegangen war, hinüber: »Lenhard, hörst du mich?«

Er gab keine Antwort und ich konnte ihn in der Dämmerung des Platzes und in dem hohen Gras auch gar nicht erkennen. Deshalb rief ich noch mal flehentlich zu ihm rüber: »Halte durch, Lenhard.« Dann sind wir gestartet und wie noch nie gelaufen. Quer durch den Wald, rüber zum Hassfeld, über das der kürzeste Weg ins Dorf führt. Schon nach zehn Minuten Waldlauf rasselten uns die Lungen. Trotzdem rannten wir immer weiter und schauten uns dabei um, ob nicht jemand unterwegs war und uns helfen konnte.

Plötzlich stößt Sascha ein furchtbares Krächzen aus und stellt mir auch schon ein Bein. Ich bin im vollen Lauf und gehe wie eine Rakete zu Boden. Er drückt mir seine Hand auf den Mund und zischt vor Entsetzen bibbernd: »Der Alien, Antonio.« Und tatsächlich, der Kerl steht drüben am Waldrand. Sein grünes Zifferblattgesicht verschwimmt schon in der Abenddämmerung. Steif wie eine Litfaßsäule steht er da und äugt rüber zur Satanseiche. Und dort tanzen sie wieder, wie eben noch am Dreifrauenstein, die roten Augen.

»Bloß weg hier«, sage ich zu Sascha. Wir kriechen wie die Regenwürmer auf allen vieren von der Stelle weg ins Unterholz. Dann nehmen wir den Weg zur hängenden Wand. Das ist der allerkürzeste Weg ins Dorf. Eine klippenähnliche Felslage, unter der Lenhard wegen der vielen Kräuter immer gerne weiden lässt. Dort klettern wir jetzt runter. Es geht auch alles glatt. Bis auf zwei mittlere Stürze, die Sascha ein bisschen Haut kosten und mich ein Stück Hose. Wir erreichten die Sohle der Wand und hören jetzt oberhalb in dem Latschenfeld schnelle Schritte. Jemand hat es dort sehr eilig. Trockene Äste brechen. Steine rollen die Wand herunter.

»Ob uns der Alien verfolgt?«, bibbert Sascha.

Die Schritte kommen näher, das Keuchen wird lauter. Jetzt taucht er am Klippenrand auf. Polternd stürzen Steine die Wand herunter. Und bei uns poltern auch Steine. Vom Herzen. Und wir brüllen los wie die Fußballfans: »Stallone!«

Er steht für einen Augenblick erschrocken und stocksteif da. Dann aber fragt er uns stinksauer: »Was sollen diese Indianerspiele, Leute?«

»Lenhard«, sage ich, kann aber vor lauter Aufregung nicht weiterreden. Dafür spricht Sascha.

Stallone hört interessiert zu und sagt dann: »Ihr lauft ins Dorf und holt Hilfe.« Er winkt uns zu und fegt los. Die Wand wieder hinauf. Als ob er sich total gut auskennen würde in unseren Bergen. Er fragt noch nicht einmal, in welcher Richtung der Dreifrauenstein liegt. So eilig hat er es plötzlich. Und denkt auch gar nicht daran, einen von uns als Führer mitzunehmen.

Um ehrlich zu sein, ich war auch froh, nicht schon wieder an diesen grauenvollen Ort zurückzumüssen, und jagte mit Sascha weiter ins Dorf. Zuerst rannten wir zum Forsthaus. Doch es war niemand da.

Wir schnappten uns Arturs Fahrrad und radelten runter zum Hotel. Doch auch Julio, der Wirt, war nicht aufzutreiben. Nur die verrückte Anselma lief uns wieder über den Weg und fragte nach ihrer Katze. Da sind wir dann nach Hause zu Jes und No geradelt.

Sarah ist sofort rüber zum Pater gelaufen und hat sich seinen Jeep geholt.

Jetzt sind wir da. Die Dreifrauensteine tauchen auf. Der Abendnebel zieht schon über den Wald. Man sieht kaum noch etwas. Die Schafe aber sind zu hören. Sie sind weit auseinander gelaufen und blöken jämmerlich. Sarah stellt den Wagen ab, lässt aber die Scheinwerfer an. Dann drückt sie auf die Hupe. Immer wieder. Es schallt unheimlich durch den Wald. Die Herde läuft auf die Lichter des Wagens zu. Von allen Ecken kommen die Tiere eilig zum Wagen gelaufen.

Und auch Stallone taucht auf. Er sieht schlimm aus. Schlammbeschmiert und aus einer Stirnwunde sickert Blut.

»Wie geht es Lenhard?«, fragt Sarah und fasst Stallone am Arm.

»Keine Ahnung«, sagt Stallone. »Ich habe den Schäfer nicht gefunden. Auch den Hund und den Ziegenbock nicht. Sie sind spurlos verschwunden.«

Eine solche Aktion hat das Gebirge noch nicht erlebt. Alles, was im Dorf Beine hat, sucht. Nach Lenhard und dem Hund. Der Schäfer zählt zu den beliebtesten Leuten in Hundertach. Besonders die älteren Dorfbewohner haben ihm seine Hilfe und Großzügigkeit in der schweren Zeit nach dem Krieg nicht vergessen. Er hatte immer ein Stück Käse übrig, ein bisschen Wurst. Ein paar Pfund Wolle, die man tauschen konnte, und ein gutes Wort. Jetzt ist er verschwunden. Einfach weg. Hat seine Herde verlassen und ist im Gebirge, das er kannte wie kaum ein anderer, verloren gegangen. Damit wollen sich die Menschen nicht abfinden. Sie suchen, wie sie noch nie gesucht haben. Schon seit zwei Tagen wird mit großer Systematik das ganze Umfeld des Dorfes abgegrast. Jeder Stein wird umgedreht, jedes Gebüsch durchsucht. Julio, der Gastwirt, und Clement, der Frisör, haben die Organisation in die Hand genommen. Sie teilen die Schichten ein, die Wege und Flächen, auf denen gesucht werden soll.

Julio ist schon seit zwei Tagen nicht mehr ins Bett gekommen. Sooft ihm Sarah oder No auch Ablösung anbieten, er gibt die Sache nicht aus der Hand.

»Das Dorf verdankt Lenhard zu viel, um auch nur einen einzigen Fehler zu machen«, erklärt er immer wieder und schickt die nächste Schicht, den nächsten Suchtrupp, den nächsten Jeep nach oben. Auch die Polizei ist wieder eingeschaltet und der Grenzschutz. Sie haben ihr Quartier in der Bürgermeisterei aufgeschlagen und Spezialisten eingeflogen. Die haben die Satanseiche auf das Genaueste untersucht. Auch der Wald am Dreifrauenstein, wo Lenhard verschwunden ist. Ohne jeden Erfolg und ohne jede Spur. Weder vom Schäfer noch von seinem Hund. Und erst recht nicht von den roten Augen. Die haben bei den Polizisten ohnehin nur ein müdes Lächeln ausgelöst.

»Wenn wir rote Augen sehen wollen, brauchen wir euch nur ins Gesicht zu sehen«, hat der fette Polizeirat geschnauft. »Seht mal in den Spiegel und geht ein bisschen eher ins Bett.«

Das tun wir aber nicht. Sascha und ich suchen auch. Auf unsere Weise. Von Abreise kein Wort mehr. Jes und No verpflegen die Suchtrupps aus dem Dorf. Sarah ist ständig mit den Leuten im Wald oder bei Julio. Sie hilft ihnen mit aller Kraft. Hin und wieder taucht auch Stallone auf und stellt ein paar Fragen. Er fliegt von früh bis spät. Jede Menge Leute, die sich als Touristen ausgeben. Aber eigentlich ganz anders aussehen. Das Verschwinden Lenhards hat aber auch einen echten Boom hier oben ausgelöst. Jede Menge Busse rollen an. Jede Gruppe will die Satanseiche sehen und den Dreifrauenstein. Und wenn es möglich wäre, vielleicht auch mal den Satan persönlich.

Sascha und ich brechen wieder auf. Irgendetwas zieht mich zur Habichtsburg. Ich kann zwar nicht sagen, was, aber mir ist, als ob mich etwas dorthin ruft. Die Ruine liegt außerhalb des Areals, auf dem der Schäfer gesucht wird. Und Julio hat uns auch gebeten, statt an der Habichtsburg im Weißbachtal nachzusehen. Er ist erst gestern dort oben an dem alten Gemäuer gewesen und hat alles abgesucht.

»Gehen wir eben ins Weißbachtal«, hat Sascha Julio versprochen. Doch ich weiß, dass wir erst zur Habichtsburg marschieren. Heute Nacht standen wir wieder mal in der Mansarde am Fenster und haben nach oben zum Wald gesehen und gerätselt, ob der Schäfer noch lebt.

»Er lebt«, hat Sascha ganz fest gesagt und ich fühle es auch, dass mein Schäfer noch da ist und wartet, dass wir ihm helfen. Genau in diesem Augenblick, als Sascha sagte, dass Lenhard noch lebt, hat es oben im Wald, in der Gegend der Habichtsburg, gekracht. Ein kurzer Blitz war zu sehen, dann noch ein Knall und wieder Ruhe. »Ein Gewitter«, hat Sascha gesagt, doch ich fühlte, dass es keines war.

An der Habichtsburg erwartet uns eine Überraschung. Das gewaltige Loch im Berg, hinter dem sich das Verlies befindet, ist verschwunden. Nichts mehr davon zu sehen. Dafür aber jede Menge Geröll und Mauerwerk. Ein gewaltiger Berg, der sich über dem Loch aufgetürmt hat und zu dessen Beseitigung man Großmaschinen, Bagger und Planierraupen braucht.

»Hier hast du dein Gewitter«, sage ich zu Sascha. »Das war eine Sprengung heute Nacht.«

»Warum soll denn hier jemand sprengen?« Sascha hebt einen Steinbrocken auf und mustert ihn.

»Warum? Vielleicht weil keiner dort reinklettern soll.«

Jemand will nicht, dass noch irgendeiner in das Verlies reinkommt. Wirklich unheimlich.

»Und was machen wir jetzt?«

»Weiter nach Lenhard suchen«, sage ich und laufe ein paar Schritte auf den Brunnen zu. Plötzlich schlage ich mir an den Kopf. »Es gibt noch einen anderen Weg in den Berg. Durch die Kapelle. Dort habe ich im letzten Jahr mal ein bisschen rumgestöbert und mit 'ner Stange ein paar Platten hochgehoben. Unter einer fand ich richtige Stufen, die nach unten führten.«

Sascha bleibt plötzlich stehen und sagt fast lautlos: »Antonio!« An einem kleinen Strauch direkt am Rand des Brunnens sehe ich etwas in der Sonne glitzern. Sascha liegt schon auf dem Bauch und schiebt sich vorsichtig ran. Jetzt bekommt er es in die Finger, Lenhards Flöte. Der Schäfer trägt sie immer um den Hals. Er gibt mit ihr das Signal zum Rasten oder wenn es weitergehen soll.

»Lenhard ist hier gewesen.« Sascha ist kreidebleich geworden und dem Heulen nah und auch ich sehe voll Grauen hinüber zum Rand des Brunnens. Er wirft mir die Flöte zu. Weil ich etwas tun muss, damit mich das große Heulen nicht wieder packt, stecke ich das Ding in den Mund und pfeife los. Es klingt wie in den guten alten Zeiten. Als noch alles so herrlich war hier oben. Und weil ich den Gedanken nicht ertragen kann, dass nun alles vorbei ist und mein Schäfer vielleicht nie wiederkommen wird, pfeife ich gleich noch einmal. Wieder liegt der Ton über dem Gemäuer, schön, aber auch wehmütig und wie ein Abschied. Dann aber hören wir etwas. Ein noch entferntes Bellen. Es kommt rasend schnell näher. Jetzt fange ich doch an zu heulen, pfeife aber weiter. Und da ist er schon, Admiral. Er bricht mit einem riesigen Sprung durch das Gebüsch und wirft mich fast um vor Glück.

»Wo ist Lenhard, Admiral?«, rufe ich. Wenn er nur reden könnte oder wenn ich bloß die Sprache der Vierbeiner verstehen würde. Trotzdem frage ich immer wieder: »Wo ist Lenhard?« Da kracht es schon wieder im Unterholz. Ich halte den Atem an und hoffe so sehr, dass er jetzt gleich vor uns stehen wird. Doch nicht mein Schäfer taucht auf, dafür aber Gottfried, der Ziegenbock. Er sieht Sascha und mich, senkt sofort die Hörner und haut mit dem Huf in den Felsen.

»Lass das jetzt«, sage ich und wirklich, er gibt erst einmal auf. Ich knie mich runter zum Admiral und frage wieder: »Wo ist Lenhard?« Und der Admiral, als ob er mir was sagen wollte, läuft zum Brunnenrand, beginnt zu bellen und zu winseln. Er jammert winselnd, fast mit menschlicher Stimme und ich weiß, was zu tun ist.

»Wir müssen dort runter«, sage ich zu Sascha.

»In den Brunnen?«, fragt er erschrocken. »Wenn der Schäfer dort unten liegt, können wir nichts mehr für ihn tun.«

»Wir gehen trotzdem runter«, sage ich. »Durch die Platte in der Kapelle. Ich bin damals ein ganzes Stück vorwärts gekommen, aber dann umgedreht, weil ich Angst bekam. Wenn du nicht mitkommst, gehe ich alleine.«

»Wir sind Freunde, Mann.« Sascha hält mir die Hand hin.

Ich schlage ein und sage: »Freunde.«

Wir laufen rüber zu der alten Kapelle und wuchten die Platte hoch, unter der ich damals die Stufen entdeckt habe. Sofort kommt ein modriger Geruch zu uns empor. Sascha zappelt schon wieder unschlüssig hin und her. »Mann, Antonio. Was wollen wir in dieser Finsternis?«

Ich denke über eine Lichtquelle nach und habe schon die

Idee. Eben auf der Teufelskanzel habe ich einen Augenblick runter auf die alte Handelsstraße gesehen. Dort unten stehen Bauwagen mit vielen Geräten. Es sieht aus, als würde die Straße für die Forstwirtschaft instand gesetzt. Streichhölzer und eine Laterne müssten dort aufzutreiben sein.

Wir steigen eilig über die Felsen nach unten.

Von den Bauleuten ist niemand mehr da. Ihre Bauwagen aber sehen gastfreundlich aus. An einem ist das Fenster nur angelehnt und ich steige rein. Streichhölzer und eine Laterne, mit der Baustellen gesichert werden, finde ich sofort. Dann sogar eine Taschenlampe mit Batterien. Ich will mich gerade auf den Rückweg machen, da knurrt Saschas Magen draußen so laut, dass ich stehen bleibe.

Er fragt: »Hast du auch wirklich alles, Antonio?«

Ich gehe zum Schrank, der an der Stirnseite des Wagens steht, und sehe rein: ein paar Packungen Brot, ein mächtiges Leberwurstglas, noch fast voll, eine Dose Hering in Sahnetunke, drei Flaschen Cola. Ich rufe Sascha nach draußen, was im Angebot ist, und frage, was er davon haben will.

»Alles«, sagt Sascha und schluckt so laut, dass ich es im Wagen hören kann.

Ich packe alles in einen Beutel. Dann schreibe ich einen Zettel: »Dies war kein Diebstahl, sondern ein Notfall. Es wird alles ersetzt. Antonio und Sascha aus Hundertach.«

Nach einer halben Stunde sind wir zurück in der Kapelle und zünden die Laterne an. Sascha möchte vorher noch einen Happen zu sich nehmen. Ich bin dagegen. Essen hält auf und macht müde.

»Gegessen wird erst am Ziel.«

»Und wo ist das?«, fragt er.

Ich zucke die Schultern. »Wo Lenhard ist.«

Zuerst geht es ganz gut voran. Man kann fast aufrecht laufen. Dann aber kommen die ersten Probleme. Von der Decke sind Steine und Erde heruntergekommen. Stellenweise ist der Gang geradezu unpassierbar. Der Schutt türmt sich mitunter fast bis zur Decke. Irgendwie kommen wir aber immer vorbei. Jetzt tauchen zwei eingemauerte Eisenringe auf.

»Hier waren bestimmt mal Leute angeschmiedet«, murmelt Sascha und drückt sich an die Wand, als ob auch er angekettet werden sollte.

Wir laufen immer weiter in den Gang hinein. Der Admiral ist ständig ein Stück voraus. Oft verschwindet er ganz, kommt aber immer wieder zurück und wedelt ungeduldig mit dem Schwanz, als wolle er uns antreiben. Plötzlich öffnet sich der Gang nach zwei Seiten. Eine Windung führt fast geradlinig weiter nach unten, die andere dreht sich wie ein Schneckenhaus nach links.

»Wo gehen wir lang?«, fragt Sascha.

»Weiter nach unten. Der andere Gang führt hundertprozentig wieder raus. Was meinst du, Admiral?«

Doch der Admiral reagiert nicht. Er hat die Ohren hochgestellt und lauscht in das Gewölbe hinter uns. Jetzt knurrt er dumpf und warnend.

»Wollen wir nicht lieber zurück?« Sascha schiebt sich dicht an den Admiral und mich. »Wir holen Artur oder Julio.«

Ich aber horche jetzt genauso wie der Admiral in den Gang hinein, der hinter uns liegt. Ein Trippeln und Scharren ist zu hören. Das Poltern von Steinen, ein merkwürdiges Schleifen.

»Wir gehen vielleicht doch nicht zurück«, sagt Sascha und bibbert wieder. »Oder wollen wir?«

»Noch ein Stück den Gang hier runter.« Ich schiebe Sascha weiter. Das Laternenlicht zeigt uns jeden Stein und jede Vertiefung im Felsen. Auf einmal wird der Gang weit und wir stehen in einer Art Grotte. Sie ist kreisförmig angelegt. In der Mitte befindet sich ein Tisch aus Stein, um ihn herum sind Felsbrocken wie Stühle angeordnet.

»Mahlzeit«, sage ich und horche zurück. Das Trippeln ist nicht mehr zu hören. Ich schlage mich an die Stirn. »Wenn das bloß nicht Freund Gottfried war.« Ich stelle die Laterne auf den Tisch.

»Draußen würde ich lieber essen.« Sascha zieht die Schultern hoch und sieht sich um. »Wie sollen wir denn hier zum Brunnen kommen und Lenhard finden?«

»Alles zu seiner Zeit«, sage ich und versuche das Leberwurstglas zu öffnen. Jetzt wird der Admiral wieder unruhig. Er hat sich erhoben und knurrt schrecklich. Ich nehme die Laterne und leuchte zu dem Felskamin, durch den wir in den Raum gelangt sind.

»Sieh dir das mal an!«, schreit Sascha plötzlich. Über dem Eingang schiebt sich aus der Decke heraus ein großer Stein.

Der Admiral bellt wütend. Ich will noch durch das Loch zurück. Der Hund jedoch springt mir in die Beine und wirft mich zu Boden. Der Stein schiebt sich knirschend immer weiter vor die Öffnung.

Ich schreie: »Admiral, lauf raus ins Dorf!«

Der Hund aber, obwohl das Loch noch groß genug ist, bleibt im Raum. Mir scheint, als ob der Fall des Steines noch immer durch etwas verzögert wird.

»Admiral, schnell, hol Hilfe im Dorf!«

Der Hund bewegt sich nicht. Er knurrt furchtbar, hat die Lefzen hochgezogen. Jetzt sehe ich zum ersten Mal, was er für mächtige Zähne hat. Sie schimmern wie Eis.

»Admiral, lauf doch!« Ich will nun selber noch einmal versuchen auf allen vieren durchzukommen. Der Hund aber stellt sich mir knurrend und drohend in den Weg.

Zögernd, fast widerwillig, gleitet der Stein herunter und verschließt uns den Weg zurück. Es ist eine scheußliche Stille in dem Raum. Nur mein rasendes Herz höre ich schlagen.

»So, jetzt hängen wir fest.« Sascha klappert mit den Zähnen und langt nach dem Leberwurstglas. »Wir sitzen hier unten und werden verhungern.«

»Mit der Leberwurst und dieser Menge Brot? Damit halten wir die ganze nächste Woche durch. Lebensgefahr besteht jedenfalls erst mal nicht.«

Sascha kommt ganz nah an mich heran. Er hat wieder diesen Mutangstausdruck im Gesicht. »Du machst mir vielleicht Spaß. Und wovon soll der Admiral leben? So ein Glas verdrückt der doch in drei Minuten und leckt sich noch nicht mal das Maul.«

Ich sehe zum Admiral und sage: »Entschuldige, Admiral.« Ich gehe auf die Knie und drücke seinen Kopf an mein

Gesicht. Er wedelt kurz mit dem Schwanz. »Danke, dass du uns nicht allein gelassen hast. Ohne dich wäre alles noch viel schlimmer.«

»Noch schlimmer?« Sascha sieht mich mit runden Augen an.

Ich halte es für besser, nicht weiterzureden, und winke ab. »Zuerst müssen wir essen.« Ich öffne den Fressbeutel, lege Brot auf den Tisch und stelle das Glas daneben. »Für jeden ein Drittel. Wollen wir gleich alles dritteln oder machen wir jeden Tag eine Teilung?«

»Jeden Tag?« Sascha reißt die Augen noch weiter auf. »Glaubst du, wir müssen Tage hier unten bleiben?«

»Vielleicht auch nicht. Trotzdem sollten wir das Zeug rationieren.«

Jetzt fängt Sascha an sich aufzuregen. »Du tust so, als ob das hier die normalste Sache von der Welt wäre. Wir hocken hundert Meter unter der Erde, und oben weiß kein Mensch, wo wir sind.«

»Es ist echt alles meine Schuld, Sascha. Wenn ich dich im Zug nicht so voll gequatscht hätte, könntest du jetzt mit Tante Julia ›Mensch-ärgere-dich-nicht‹ spielen.« Ich schiebe ihm den Proviant zu. »Es tut mir Leid, Mann. So habe ich mir unsere Freundschaft auch nicht vorgestellt.«

»Das hier ist trotzdem besser als ›Mensch ärgere dich nicht‹.« Sascha regt sich wieder ab. Er steckt den Zeigefinger in das Leberwurstglas. »Wenn ich nicht auch Lust gehabt hätte, wäre ich nie mitgekommen. Aber mal ehrlich, Antonio, rechnest du wirklich mit so einer langen Wartezeit?«

»Ich rechne überhaupt nicht damit, dass uns hier einer suchen wird«, sage ich ehrlich. »Wir müssen selber rauskommen, sonst sind wir im Eimer.«

»Also sind wir futsch.« Sascha ist total erledigt. »Weil wir alleine hier nie im Leben wieder rauskommen.« Er fingert schon wieder ins Glas. Doch dieses Mal ziehe ich es weg. Sich in dieser Aufregung etwas reinzuschieben, ist total sinnlos und hat wegen dem ganzen Stress nicht den geringsten Ernährungswert.

»Es dauert ewig, bis man den Löffel weglegen muss«, beruhige ich ihn. »Indische Fakire halten es fünf Monate ohne Essen aus. Die schlucken ihre Zunge einfach nach hinten und leben eine ganze Weile davon.«

Sascha übt schon mit seiner Zunge und würgt sich dabei halb tot. »Das schaffe ich nie.«

»Wenn du genügend Hunger hast«, beruhige ich ihn, »rutscht die ganz allein nach hinten. Also, was ist jetzt, teilen wir gleich oder machen wir eine tägliche Zuteilung?«

»Gleich«, sagt Sascha. »Falls wir heute doch noch hier rausgeholt werden, ärgere ich mich gehungert zu haben. Werden wir aber nicht rausgeholt, ärgere ich mich, dass nichts mehr da ist. Also lass uns täglich teilen und im Rettungsfall essen wir dann schnell den Rest.«

Ich mache also die drei heutigen Portionen fertig. Auch der Admiral bekommt seinen Anteil. Er schnuppert nur kurz und dreht ab. Er ist der nobelste Hund, den es gibt. Obwohl er bestimmt schon seit zwei Tagen nichts bekommen hat, verzichtet er.

Sascha stößt jetzt einen kurzen Aufschrei aus und fällt über die erste Schnitte her. Ich lege kurz meine Hand über das Futter. »Stopp, nimm mein Messer, schneide Würfel, sieh dir jeden mindestens zwei Minuten an, dann kaue noch mal zwei Minuten. So bleibt von dieser Schnitte auch noch was für das Abendbrot und wir kommen drei Tage länger aus.«

Sascha schneidet sich kleine, zierliche Würfelchen und kaut langsam und konzentriert.

Ich aber esse nichts, weil mir der Hunger total vergangen ist.

Unsere Lage ist wirklich hoffnungslos. Ich glaube, hoffnungsloser geht es gar nicht. Selbst, wenn sie uns an der Habichtsburg suchen. Unter der Ruine vermutet uns keiner. Bleibt nur die Hoffnung auf den Zufall. Vielleicht stößt ja jemand auf die geöffnete Platte in der Kapelle. Aber überhaupt dort hinzukommen in die Kapelle, über die Berge von Schutt und Mauerwerk, durch die Brennnesselwälder. Mir fallen unsere Hinterbliebenen ein. Jes und No werden vor Sorge die Wände hochgehen. Und meine arme Sarah auch. Dem dicken Omelett wird das Kochen vergehen. Wahrscheinlich kocht er schon selber vor Angst! Aber vielleicht hat jemand noch einen rettenden Funken, eine geniale Suchidee. Ich sehe auf die Blechlaterne, dann öffne ich sie entschlossen und blase die Kerzen aus.

»Bist du verrückt geworden?«, protestiert Sascha.

»Es ist wegen der Luft. Die Kerze verbraucht zu viel davon. Wir wissen nicht, wie viel Sauerstoff wir noch zum Atmen haben.«

Sascha wird still. Eine ganze Zeit ist nichts zu hören, dann aber sagt er: »Ob es hier unten Ratten gibt?«

»So tief nicht«, versuche ich ihn zu beruhigen. »Was sollen die denn hier? Und es gab schon eine Menge Leute, die viel schlimmer dran waren als wir. Denk mal an den Bergmann in Österreich. Zehn Tage hat der in seinem Loch gesessen. Ohne Leberwurst und Cola.«

Langsam gewöhnen sich die Augen an die Dunkelheit. Ich kann allmählich alles erkennen. Von irgendwo her kommt Tageslicht herein. Und wo Licht ist, muss auch Luft sein. Ich hole ganz tief Atem. Nach dem Löschen der Laterne hatte ich nur noch auf Sparflamme geatmet.

»Weshalb schnaufst du wie ein Nilpferd?«, fragt Sascha ärgerlich.

»Irgendwo muss Luft herkommen. Ich schmecke sie richtig.«

Sascha atmet jetzt auch ganz tief durch und sagt schon etwas erleichtert: »Schmeckt wie Waldluft, nur etwas stinkiger.«

Die Helligkeit scheint sich zu verstärken. Das Leuchten kommt nicht von außerhalb. Die Wände geben ein mildes, sanft leuchtendes Licht ab. Ich gehe darauf zu, streiche über die Wand und fühle trockenen Staub.

Plötzlich ruft Sascha: »Mann, Antonio, das sieht aus wie ein Bild!«

Ich sehe genauer hin und entdecke wirklich Bilder.

»Das Dorf!«, ruft Sascha und tippt auf den Kirchturm.

Tatsächlich. Unser Hundertach. Es sieht anders aus als heute. Einige Gebäude aber, die Kirche, den Pulverschuppen und das Pfarrhaus, kann man noch gut erkennen.

»Wer hier wohl runtergekommen ist, um diese Bilder zu malen?« Sascha wundert sich. »Da gibt es oben schönere Plätze.«

»Die Leute aus dem Dorf wahrscheinlich, die hier eingesperrt waren oder sich verstecken mussten vor den durchziehenden Kriegsscharen – den Söldnern der Bayernherzöge im Ochsenkrieg, den Knechten vom Frundsberg oder den Kroaten des Grafen Isolani im Dreißigjährigen Krieg.«

»Mann, woher weißt du das denn alles?« Sascha sieht mich staunend an.

»Das habe ich von Lenhard, von Jes und No.«

»Und ich habe schon wieder Angst«, sagt Sascha stöhnend. »Hunger habe ich auch. Komisch, als ob Angst und Hunger zusammengehörten.«

»Dann iss doch ein Bröckchen. Ein Bissen Leberwurst bringt dich auf andere Gedanken.«

Plötzlich spüre ich, wie müde ich bin. Ich setze mich auf einen Stein, der Admiral kommt, streckt vor mir alle viere aus, und ich schlafe ein.

»Du könntest mal wieder aufwachen, Antonio«, höre ich Sascha plötzlich.

Ich schieße hoch und frage: »Wie lange war ich weg?« Ich habe schrecklichen Durst und schnappe mir eine Cola.

»Ewig.« Sascha schüttelt den Kopf. »Ich habe schon geglaubt, du bist tot, so lange warst du abgetaucht.«

»Und was hast du gemacht?« Ich setze die Flasche wieder ab. »Etwa gegessen?«

Ich sehe auf unsere Vorräte und stelle fest, dass er hart geblieben ist.

»Wie lange habe ich gepennt?«

»Zwei Tage«, sagt Sascha. »Vielleicht auch nur einen.«

»Einen Tag? Nie im Leben. Da hättest du schon deine Schuhe verschlungen, und meine mit.«

Jetzt gähnt Sascha fürchterlich. »Schlafen soll gut gegen den Hunger sein.« Er legt sich lang neben mich und schläft sofort ein.

»Wie geht es weiter, Admiral?«, frage ich und klopfe ihm den Rücken. Der Hund antwortet nicht. Er liegt auf dem Boden, hechelt und beobachtet mit großer Aufmerksamkeit den gesamten Raum. Seine Augen haben keinen Moment Ruhe. Sie huschen wachsam hin und her, wie das Leuchtfeuer am Cap Arcona. Ich halte ihm ein Stück Brot hin. Diesmal nimmt er es.

Ich merke, wie gut ausgeruht ich bin, und überlege fieberhaft, was zu tun ist. Nur sitzen und abwarten ist sinnlos. Also entschließe ich mich die Laterne wieder anzuzünden.

Luft gibt es offensichtlich genug. Sie ist kühl und ich kann nicht feststellen, dass sie sich, seit wir hier sind, verschlechtert hat. Auch das Rauschen ist noch immer da. Es macht mich neugierig. Ich gehe dem Geräusch nach, muss eine Vertiefung im Felsen überklettern und stehe plötzlich vor einem zauberhaften kleinen Wasserfall. Das Wasser fällt durch eine von Menschenhand behauene Rinne in der Wand, wird in einem Becken gesammelt und verschwindet dann im Boden unter einer Wand. Etwas muss hier vor vielen Jahren bearbeitet worden sein. Dicke Bohlen liegen umher, Balken und sogar ein mächtiges Stück Eisen, das mich an eine Brechstange erinnert.

Das Wasser macht mich froh, verdursten werden wir jedenfalls nicht. Und es sagt mir auch, dass der Brunnen, in dem wir Lenhard vermuten, nicht allzu weit sein kann. Ich gehe eilig zurück in die Grotte und beginne jetzt die andere Seite des Raumes zu untersuchen.

Ich laufe Schritt für Schritt den gesamten Raum entlang. Alles fester Fels. Plötzlich sehe ich einen großen Steinvorsprung. Er ragt fast rechtwinklig wie ein Raumteiler in die Grotte hinein. Ich umgehe ihn und stoße dahinter auf einen weiteren, riesigen Raum.

Ich hebe die Laterne, um besser zu sehen. Ein frischer, heftiger Luftstrom ist zu spüren. Das Licht droht in dem starken Zug zu verlöschen. Mich fröstelt plötzlich. Ich trage nur ein T-Shirt und die kurzen Jeans. Doch zugleich kommt ein sagenhaftes Glücksgefühl in mir auf. Die Todesangst der letzten Stunden ist wie weggeblasen. Ich gehe weiter dem Luftzug nach und erreiche einen Felskamin, durch den Licht eindringt.

Ich lösche die Laterne, klettere an dem Vorsprung hoch und komme an eine große Öffnung, aus der es wie aus einem Blasebalg bläst. Dumpf und modrig weht es mir ins Gesicht, aber irgendwie glaube ich auch frische Waldluft in die Nase zu bekommen.

»Das riecht nach Rettung, Admiral«, sage ich freudig und will mich durch das Loch im Felsen schwingen. Doch wieder hindert mich der Hund. Er knurrt warnend, winselt, zeigt mir an vorsichtig zu sein. Ich klettere also erst mal nicht mehr weiter und zünde stattdessen die Laterne wieder an. Jetzt wälze ich mir einen Stein bei, auf den ich mich stellen kann, und hebe die Laterne hoch. Zuerst ist nichts zu sehen. Dann aber sehe ich steile Wände, die senkrecht nach unten verlaufen. Ich halte die Laterne in das Loch hinein und erkenne eine Tiefe von mindestens zehn Metern. Nach oben ist es nicht weniger steil. Ich scheine auf einen Krater gestoßen zu sein, vielleicht auch auf einen alten Schacht. Voller Dankbarkeit sehe ich auf meinen Admiral.

»Danke, mein Guter.«

Ich halte die Laterne noch immer an die Öffnung und sehe jetzt etwas, das mir das Entsetzen in die Knochen treibt. Mussolini, den Steinbock. Jedenfalls, was noch von ihm übrig ist. Auch ohne Kopf ist der herrliche Welschbock zu erkennen. Der Kadaver ist an einer Wurzel der Schachtwand hängen geblieben. Jemand hat ihn dort hineingeworfen. Ich leuchte weiter nach unten in den Schacht und entdecke immer mehr Überreste von Tieren. Rehe, Hasen, Rotwild, Köpfe ohne Geweihe. Fellreste. Rapunzel liegt da unten. Jetzt sehe ich auch den Foxterrier des Apothekers. Er war ein lustiger und lieber Kerl. Wie mag er bloß hierher gekommen sein? Mir fällt ein, was die Leute vom Förster sagen, und ich glaube jetzt, dass sie Recht haben mit ihrem Verdacht. Mir zittern die Knie vor Entsetzen. Artur ein Tierkiller. Wenn das meine Frauen wüssten. Mir sträuben sich die Haare von dem furchtbaren Verdacht, doch ich komme nicht dazu, die Sache weiterzudenken. In dem höllisch stinkenden Loch dort unten bewegt sich etwas. Augen blitzen auf. Mir fällt nichts anderes als der Satan ein und seine roten Augen. Und obwohl diese Augen anders sind, heller und strahlender, fahre ich zurück. Ich ziehe die Laterne an mich, um sie zu löschen, da höre ich einen Laut. Ein leises, trauriges Miauen. Es klingt rührend hilflos und sagt mir, dass dort unten ein Wesen aus Fleisch und Blut um Hilfe ruft. Ich schwenke mit dem Licht wieder zu jener Stelle auf den Grund des Schachts. Und jetzt fällt mir fast die Laterne aus der Hand. Ich sehe nicht nur Guiletta, die Katze Anselmas. Auch Lenhard, den Schäfer, erkenne ich. Er kauert auf dem Boden des Schachts und hält mit der einen Hand das Tier an sich gepresst. Mit der anderen schlägt er ein Kreuz nach dem anderen. Ich schreie jetzt so laut ich kann: »Lenhard!«, und schwenke die Laterne wie ein Pendel hin und her. Der Schäfer aber hält die Augen geschlossen, bekreuzigt sich nur und ruft mit heiserer Stimme: »Alle guten Geister loben ihren Herrn und Meister.«

»Wir sind keine Geister, Lenhard«, hör ich plötzlich Sascha neben mir. »Wir sind's, Antonio und Sascha.« Er hat alle Angst vergessen und strahlt vor Freude.

Lenhard aber glaubt uns nicht.

Er murmelt immer weiter Gebete, schlägt Kreuze über sich und die Katze. Erst als der Admiral freudig zu bellen beginnt, begreift Lenhard, dass es doch keine Teufel sind, die nach ihm rufen. Er sieht endlich hoch zu uns und ruft mit schwacher Stimme: »Antonio, seid ihr es wirklich?«

»Wir sind es, Lenhard«, rufen wir aus vollem Hals und der Admiral bellt ganz verrückt vor Aufregung.

»Könnt ihr mich hier rausholen?«, ruft der Schäfer und versucht aufzustehen. Er sinkt mit einem Schmerzensschrei wieder zusammen. »Mein Bein«, jammert er. »Es ist wohl gebrochen.«

»Wir holen dich, Lenhard, ich schwör es dir«, rufe ich und überlege, wie wir einen so großen Mann, noch dazu verletzt, hier heraufbefördern wollen.

»Wie kommst du dort runter?«, ruft Sascha und Lenhard schlägt wieder ein Kreuz.

»Ich wurde hier reingeworfen.«

»Von wem denn?«

»Vom Feind des Menschen«, antwortet der Schäfer schwach und drückt das Kätzchen an sich.

»Wir kommen gleich zu dir«, rufe ich hinunter, obwohl ich nicht die geringste Ahnung habe, wie das zu machen ist. Ich sehe Sascha an. »Hast du eine Idee?« Er nickt, zieht schon sein T-Shirt aus, dann die Shorts, nun auch die Badehose und knotet alles zusammen. Ich habe verstanden, mache es genauso. Der Einzige von uns dreien, der jetzt noch etwas auf dem Leib trägt, ist der Admiral. Auch sein Halsband wird benötigt für das Rettungsseil. Doch das alles ist viel zu kurz zum Retten. Noch nicht einmal drei Meter sind zusammengekommen. Wir aber brauchen zehn. Ich seh mich um, überlege schon, ob wir versuchen sollen aus den alten Balken und Bohlen am Wasserfall eine Art Leiter zu konstruieren. Da stößt mich Sascha an, deutet rüber zur Schachtwand. Und dort, von Unrat und Tierkadavern überlagert, erkenne ich die Reste von Stufen. Wie eine Wendeltreppe ziehen sie sich um den unteren Teil des Schachts.

»Wir werden uns halb tot kotzen«, sagt Sascha und beginnt schon zu würgen. Und auch mir kommt schon der Magen hoch. Mir graut vor all dem Scheußlichen, das wir berühren müssen, um den Weg für Lenhard freizubekommen.

Sascha knotet seine Rettungsleine wieder auf und zieht die Hosen an. Dann bindet er das T-Shirt um Mund und Nase. Greift nach einem Knüppel, hängt sich aus dem Kamin und beginnt zu hantieren. Ich höre, wie er würgt und wie der Unrat von der ersten Stufe in die Tiefe stürzt. Ein furchtbarer Gestank steigt empor und ich frage mich, wie Lenhard das die ganze Zeit ertragen hat. Nachdem die zweite Stufe sauber ist, klettert Sascha raus in den Schacht. Ich steige, halb tot vor Ekel, hinterher. Aber Lenhard ist ein Freund, für den ich noch viel mehr tun würde, als mir so ein bisschen Seele aus dem Hals zu kotzen. Stufe für Stufe wird jetzt freigemacht. Zum Glück sitzt Lenhard auf der anderen Seite des Schachts und kann von all dem Unrat nicht getroffen werden.

Endlich sind wir bei ihm. Obwohl wir höchstens die Hälfte von Lenhards Gewicht haben, versinken wir augenblicklich bis zu den Knien im Schlamm. Der Gestank ist so entsetzlich, dass ich einen Augenblick glaube umzufallen. Doch das geht vorbei. Lenhard hat viel länger aushalten müssen. Er hält uns als Erstes das Kätzchen entgegen. Sascha nimmt es ihm ab und ich ziehe Lenhard vorsichtig hoch. Er stöhnt ein paarmal schrecklich auf. Das will etwas heißen bei diesem eisernen Mann. Dann aber steht er und schiebt sich, auf mich gestützt, die Wand des Schachts entlang rüber zur Treppe. Doch hochsteigen kann Lenhard nicht mehr. Das verletzte Bein schmerzt so stark, dass er sich stöhnend auf die unterste Stufe setzen muss. Es ist wie in einem Horrorfilm. Der entsetzliche Gestank, die toten Tiere, und über uns bellt jetzt der Admiral wieder in einer Lautstärke, die ich noch nie bei ihm gehört habe. Als ob er uns vor einer großen Gefahr warnen will. Ich sehe zum ersten Mal nach oben zum Rand des Schachts und staune, dass es noch einen blauen Himmel gibt. Zwar klein und ziemlich rund, aber es gibt ihn. Und noch etwas gibt es, den Ziegenbock Gottfried. Sein Kopf ragt in den Schacht hinein. Er meckert empört. Vielleicht, weil er sich Sorgen um seinen Bruder, den Admiral, macht. »Hol Hilfe, Gottfried«, schreie ich nach oben. »Mach dich ins Dorf und treibe die Leute her.«

»Versteht er sowieso nicht«, schnauft Sascha. »Zu so was ist dieser Bock viel zu blöd.«

»Er ist klüger, als du denkst«, sagt Lenhard und beginnt sich im Sitzen rückwärts die Stufen hochzuschieben. Das muss ihm unheimliche Schmerzen bereiten. Er stöhnt und ist richtig gelb geworden. Ströme von Schweiß laufen ihm übers Gesicht. Dennoch geht es voran und bald haben wir die Hälfte der Strecke hinter uns. Doch Lenhard kann nicht weiter. Er sitzt auf der Stufe, atmet schwer und legt den Kopf an die Wand des Schachts.

»Was sollen wir machen?«, fragt Sascha.

»Das, was du schon mal vorhattest«, schlage ich vor. Wir klettern an Lenhard vorbei, auf die Stufe über ihn. Dort ziehe ich mein T-Shirt wieder aus und dann die Jeans. Sascha macht das ebenfalls. Wir knoten ein Seil und binden es unter Lenhards Armen fest. Er braucht jetzt gar nichts mehr zu machen. Nur noch still zu sitzen, mit dem gesunden Bein ein wenig nachzuhelfen und sich auszubalancieren. Wir schaffen es, den Schäfer Stufe für Stufe nach oben zum Kamin zu ziehen. Endlich haben wir den Schacht hinter uns gebracht und sind wieder in der alten Grotte. Sie kommt uns auf einmal richtig gemütlich vor. Der Admiral ist außer sich vor Freude. Dennoch begrüßt er seinen liebsten Menschen mit Vorsicht. Als ob er genau wüsste, welche Schmerzen heftige Bewegungen seinem Schäfer bereiten würden. Wir helfen Lenhard rüber zum Wasserfall und er legt sich mit einem Ausruf des Wohlbehagens der Länge nach in das Bassin. Und wir legen uns daneben. Nach einer Weile atmet Lenhard laut auf und lässt sich von uns ganze Hände voll Sand bringen. Damit scheuert er eine halbe Stunde oder länger an sich, seinem Hemd und seinen Hosen herum. Und wir tun es ihm nach. Langsam geht jetzt der furchtbare Gestank zurück. Schließlich, als wir alle zu zittern beginnen in der kalten Quelle, helfen wir Lenhard aus dem Wasser und zurück in die Grotte. Während Sascha Holz für ein Feuer sammelt, suche ich nach einem passenden Ast für Lenhards Bein. Das ist leichter gesagt als getan. Das Holz unter dem Wasserfall ist arg zersplittert und gesprungen. Zum größten Teil auch zu schwach oder von der Form her nicht geeignet. Schließlich, ich will die Suche schon aufgeben, finde ich einen einigermaßen gut erhaltenen Skistock. Wie der wohl hier runtergekommen sein mag? Jetzt endlich können wir das Bein des Schäfers schienen. Es geht ihm sofort besser und er schüttelt erleichtert den Kopf.

»Was für eine Wohltat, meine Lieben. Auch, dass ihr da seid.«

Während ich für Lenhard eine Leberwurstschnitte schmiere, fragt Sascha: »Wie bist du bloß vom Dreifrauenstein in den Schacht hier gekommen? Das sind doch mindestens fünf Kilometer.«

»Das müsst ihr den Teufel fragen. Ich bin ihm direkt in die fürchterlichen Klauen gelaufen.« Das Grauen schüttelt den Schäfer wieder und er sieht sich unwillkürlich um.

»Hast du ihn wirklich gesehen?«, fragt Sascha und fängt wieder an zu bibbern.

»Gesehen und gefühlt«, sagt Lenhard feierlich. »Die tellergroßen Flammenaugen, seine eiskalten, metallharten Klauen, die meine Beine umklammerten und mich zu Boden rissen. Und dann sein tödlicher, brennender Atem, der wie ein Strom heißen Giftes durch mich hindurchschoss und mein Leben auf der Stelle beendete.«

»Aber du lebst doch noch«, sagt Sascha, »oder träume ich nur, dass du lebst? Und der Admiral lebt auch.«

»Ich war tot«, sagt der Schäfer überzeugt. »Dafür habe ich Beweise. Aber manchmal helfen Gebete. Ihr habt doch sicher für mich gebetet?«

»Jede freie Minute«, sage ich.

Der Admiral fängt heftig an zu knurren. Er steht neben Lenhard und bellt die Wand an, hinter der es nun zu knirschen und zu rasseln beginnt. Ich leuchte hin und sehe, dass sich die gesamte Höhle verschiebt. Eine der Wände bewegt sich ziemlich schnell auf uns zu.

»Der Böse mit den Flammenaugen«, stöhnt Lenhard gequält auf und beginnt zu beten. Der Admiral aber hat nicht den geringsten Respekt vor dem Teufel und bellt wie ein Wahnsinniger die Wand an.

Die Wand kommt knirschend näher. Der Raum wird kleiner. Ich überlege fieberhaft, was wir unternehmen sollen. Zurück in den Schacht? Schon der Gedanke daran macht mich wahnsinnig. Ich werfe dem wandernden Monstrum eine Menge kleinerer Felsbrocken hin. Vielleicht verklemmt sich einer und das steinerne Ding bleibt stehen. Die Mauer schiebt die Steine mühelos vor sich her. Hin und wieder aber verkeilt sich einer. Doch schon nach Minuten zerknallt er wie ein Luftballon unter der gewaltigen Masse. Der Raum, der uns bleibt, wird immer kleiner.

»Wir müssen wieder raus in den Schacht!«, schreie ich Sascha zu. Er hält sich zwar den Magen, nickt aber und langt nach Lenhards Arm. Der Schäfer hält dem Admiral das Kätzchen hin. Der packt es vorsichtig mit dem Maul am Genick und schleppt es zum Kamin.

Wir stemmen Lenhard jetzt hoch zum Loch, aus dem wir gerade erst rausgekrabbelt sind. Doch er weigert sich nun und lässt sich schlaff nach unten fallen.

»Geht ohne mich«, sagt er. »Ich habe in dem Schacht weiter oben noch eine Öffnung gesehen. Versucht dort hinzukommen. Vielleicht könnt ihr euch von dort aus retten.«

Ich aber versuche wieder einen dicken Stein vor die Wand zu klemmen. Sascha schiebt und wälzt mit, wir bekommen den Brocken tatsächlich vor die anmarschierende Presse. Jetzt wird sie wieder aufgehalten. Hinter ihr ächzt es zwar weiter, aber vergeblich. Die Wand bewegt sich keinen Zentimeter mehr.

Wir scheinen etwas Zeit gewonnen zu haben. Der Stein hält das Monster auf.

»Wir müssen die Zeit nutzen, um hier wegzukommen.«

In diesem Augenblick gibt es einen dumpfen Schlag hinter der Wand und der Bremsstein wird langsam, aber sicher von seinem Platz weggeschoben – auf uns zu.

»Komm schon, Lenhard«, schreie ich. »Wir müssen raus in den Schacht.«

Der Schäfer schüttelt den Kopf. »Geht bitte. Vielleicht genügt es ihm, wenn er mich bekommt. Lebt wohl, meine Söhne.«

Ich sehe mich um, entdecke einen weiteren Stein und rolle ihn vor die wandernde Wand. Wieder wird sie einen Augenblick gestoppt und wir können noch mal Puste holen.

»Geht!« Lenhard winkt zum Ausstieg. »Versucht jemanden zu finden. Ich bleibe hier.«

Wir fegen hinauf zur Schachtöffnung. Ich stecke den Kopf raus und entdecke weiter oben eine gewaltige rostige Stange. Ich sehe genauer hin und erkenne Teile eines alten Stahlrohrgeländers. Es gehört sicher zur ehemaligen Brunnenbegrenzung, die irgendwann einmal hier heruntergeworfen wurde. Ich balanciere wieder raus auf die Stufen. Die sind nach oben hin noch voller Unrat und hören schon nach etwa zwei Metern auf. Ich stelle mich aufrecht in den Kamin und angele nach dem Gestänge. Jetzt bröckelt unter mir ein Stein weg, ich verliere das Gleichgewicht, doch Sascha hinter mir erwischt mich geistesgegenwärtig gerade noch an den Haaren. Ich kann mich wieder abfangen, hänge jetzt mit zitternden Beinen über dem Schacht, habe aber endlich das Geländer erwischt. Ich steige jetzt ganz aus dem Loch und beginne an dem Rohr nach oben zu hangeln. Ich stütze mich an der Wand ab, nehme lange Baumwurzeln, die aus der Schachtwand herausgewachsen sind, zu Hilfe und sehe nach etwa drei Metern nun auch die Öffnung, von der Lenhard gesprochen hat.

Sascha steht noch unten und schreit jetzt: »Es geht wieder los, Antonio.«

Ich höre jetzt auch, wie unten wieder das mörderische Geknirsche, Gestampfe und Gewalze einsetzt. Die Wand hat sich erneut in Bewegung gesetzt. Nur schnell weg, zu Sarah, zu Jes und No. Ich klettere jetzt verbissen, höre das Geräusch immer stärker werden.

»Rettung für Lenhard und den Admiral«, keuche ich in mich hinein. Doch da ist etwas in mir, das sagt, du wirst die beiden niemals wieder sehen. Ich stemme mich jetzt meinem eigenen Aufstieg entgegen und drehe um. Ich rutsche an dem Geländer wieder runter. Sascha hat sich gar nicht erst von seinem Kamin weggerührt. Wir kommen gerade noch zurecht, um zu sehen, dass zwischen der Wand, Lenhard und dem Admiral vielleicht noch zwei Meter Luft bleiben. Sascha stemmt schon, so sehr er kann.

Ich lass mich runterplumpsen und stemme mit. Wieder gelingt es uns für einen Augenblick, die Wand aufzuhalten.

Lenhard fragt: »Warum seid ihr zurückgekommen?«

Ich zucke die Schultern und sehe mich um. Die Wand drückt uns gleichmäßig dem Ausgang zu.

»Du musst mitkommen.« Ich schreie und stemme wie ein Galeerensklave das Ruder.

»Und der Admiral?«, fragt Lenhard. »Glaubst du, ich lasse ihn hier zurück?«

Der Hund hat jetzt wieder begonnen zu bellen. Er bellt den Schäfer an, dann mich. Und ich versteh alles, was er sagen will.

Aber ich weiß: Wenn ich jetzt Lenhard und den Admiral im Stich lasse, werde ich im Leben nie wieder froh.

»Halt die Schnauze, Admiral«, schreie ich. »Wir lassen euch nicht hängen und damit basta.« Ich stemme weiter und habe plötzlich eine Idee. Ich lasse die Wand los und hänge mich wieder aus dem Loch raus. Ich packe das Ende des Geländers und ziehe es in die Öffnung hinein. Sascha hilft sofort. Auch der Schäfer hat sich jetzt auf sein gesundes Bein gestellt und legt mit Hand an. Und obwohl das Ding entsetzlich schwer ist, schließlich besteht es aus Stahl und stabilen Rohren, schaffen wir es, es ein ganzes Stück zu uns hereinzuziehen. Die Wand ist höchstens noch einen halben Meter entfernt. Wir stemmen das eine Ende des Geländers in der allerletzten Sekunde gegen die verfluchte Wand, das andere gegen einen Felsen im Brunnenschacht. Nun steht sie. Sie steht, hinter ihr ächzt es schrecklich, es knirscht, kreischt und kracht. Doch sie bewegt sich keinen Zentimeter mehr.

Ich schiele auf das Geländer. Ob es auch halten wird? An einer Stelle schiebt es sich schon zusammen wie eine Ziehharmonika. Lenhard schlägt unaufhörlich Kreuze über uns alle.

Auf einmal höre ich einen mörderischen Schlag hinter der Wand. Es kracht wie fallende Bäume, die nicht richtig angesägt wurden und in der Mitte splittern.

Dann ist es still. Totenstill. Ich höre nur noch das Hecheln des Hundes, das Maunzen des Kätzchens, dem es langsam unbequem wird im Maul des Admirals. Ich höre Lenhards Geisterbeschwörungen und Saschas Zähneklappern. Ich lehne mich gegen die verdammte Wand, die sich plötzlich ganz friedlich und still verhält. Das wandernde Ungetüm lässt sich jetzt sogar zurückschieben. Sascha und ich drücken gemeinsam und wir schaffen es beinahe mühelos, die Wand zurückzuschieben. So weit, dass es uns gelingt, in den Raum, in dem uns ursprünglich aufgehalten haben, zurückzugehen. Keiner sagt ein Wort.

Ich lasse mich einfach zu Boden fallen, lege meinen Kopf neben den Lenhards auf den Rücken des Admirals und horche in mich hinein.

Wie nach einem schnellen Lauf an einem Lattenzaun vorbei, flimmert es mir vor den Augen. Wir liegen atemlos auf der Erde. Nach einer Weile springt Sascha wieder hoch und zaubert. Das Leberwurstglas, das Brot, die Cola.

»Mann, wie hast du das gerettet?«

Sascha grinst nur. Nach einer Weile sagt er: »Die Wand hat aufgegeben. Aber ob uns dieses Loch hier wieder freigibt?«

»Alles zu seiner Zeit.« Ich bin so fertig, dass ich im Moment nicht die geringste Lust habe mit Sascha über den Hungertod oder meine zukünftige Existenz als Grottenolm zu quatschen. Ich mach es mir bequem und beiße in meine Schnitte.

Lenhard sitzt mit geschlossenen Augen gegenüber an der Wand. Er sieht auf einmal sehr verfallen aus, hat Schreckliches durchgemacht und mehr Schmerzen als er zugeben will.

Der Einzige, dem es gut geht, ist der Admiral. Er liegt vor seinem Schäfer und schaut zufrieden.

Wenn das so weitergeht, wirst du ihn nicht mehr lange ansehen können, denke ich voller Angst.

Sascha hat wohl dasselbe gedacht. »Wir müssen schnell hier raus, sonst stirbt der Schäfer«, sagte er. »Wollen wir es noch mal durch die Öffnung dort oben versuchen?«, fragt er dann leise und deutet rüber zum Schacht. Dabei bibbert er so, dass ihm fast das Leberwurstglas aus den Händen fällt. Er hat es die ganze Zeit krampfhaft festgehalten.

Auf einmal bin ich unheimlich froh über diesen Saschatyp. So viel Angst zu haben und dabei doch so cool zu bleiben. Aus dem wird bestimmt mal was im Leben. Ein großer Erfinder, der zwar immerzu bibbert vor seiner Erfindung, aber weitermacht, bis er am Ziel ist.

Sascha beugt sich zu dem Schäfer runter. »Lenhard.« Der aber antwortet nicht. Er ist eingeschlafen, vielleicht auch bewusstlos. Wir steigen raus in die stinkende Hölle und fangen beide wie auf Kommando an zu kotzen. Trotzdem geht es vorwärts. Wir kommen wirklich bis zu der Öffnung in der Schachtwand, die wir von unten gesehen haben. Dann in einen Gang, den wir aber nur kriechend entlangkommen. Es ist ein höllischer Weg, den wir da hinter uns bringen. Übersät mit kleinen scharfen Steinen und irgendwelchen verrosteten runden Metallscheiben, die uns erbarmungslos die Knie zerschneiden. Ich schiebe mir zur Erinnerung schnell ein paar in die Tasche, merke aber schon, wie mir Blut die Beine runterrieselt, und stoße Sascha an, der vor mir kriecht.

»Mach mal Pause, Mann. Ohne Knie kommen wir nie hier raus.«

Wir setzen uns hin. Saschas Beine sehen nicht anders aus als meine. Er fängt an zu heulen.

»Ich bin ganz schön fertig, Antonio.«

»Denkst du, ich nicht?« Und weil man seine Freunde nicht alleine heulen lassen soll, fang ich auch damit an.

»Ich glaube, wir krepieren hier«, schnieft Sascha.

»Ich glaub das nicht.« Ich ziehe meine Socken aus, zerreiße sie in vier handliche Stücke. Zwei davon binde ich Sascha um die Knie, die beiden anderen mir.

Wir krabbeln weiter, noch etwa zwanzig Meter. Der Gang macht einen rechten Winkel und wir können aufstehen. Ist das eine Wohltat. Ich recke und strecke mich. Sascha dehnt sich ebenfalls und grinst erleichtert. Wir stoßen auf Stufen, die nach oben führen. Und machen einen herrlichen Fund. Eine »Bild«-Zeitung. Nicht etwa, dass ich auf »Bild« abfahre. Aber dass sie hier rumliegt bedeutet, dass es einen Ausgang geben muss. Und vor allem, dass er in letzter Zeit benutzt wurde. Sascha hat das Blatt schon in den Händen und versucht das Datum zu entziffern. »27. Juli! Genau vor fünf Tagen hat hier jemand die ›Bild‹-Zeitung gelesen. Bloß wer? Vielleicht der Teufel?«

Nur, ob der »Bild« liest?

Wir krabbeln die Stufen weiter nach oben. Das Licht aus dem Schacht wird immer schwächer und ist schließlich ganz verschwunden. Die Laterne haben wir bei Lenhard zurückgelassen. Nur ein paar Streichhölzer hat Sascha mitgenommen. Wir tasten uns vorsichtig weiter. Ab und zu zündet Sascha ein Streichholz an. Plötzlich sind die Stufen zu Ende. Erneut ein Gang, der immer niedriger wird und uns schließlich wieder zwingt, den Kriechgang einzulegen. Schließlich geht es nicht mehr weiter. Im Felsen eine Öffnung. Dahinter ein großer Raum. Saschas letztes Streichholz brennt.

Jetzt sagt er plötzlich: »Antonio, Kisten.«

»Was für Kisten?«

»Scheiße.« Sascha spuckt hektisch auf die Finger und flucht. Er hat sich verbrannt. Plötzlich krallt er mir die Finger in den Arm und zischt: »Sei still!« Dabei habe ich nicht ein Wort gesagt. Und jetzt packt mich wieder das Grauen. Auf der anderen Seite des Felsens plötzlich wieder das grünliche Licht. Der Alien. Seine grünliche Fratze bewegt sich durch den Raum. Ich merke, wie Sascha zu zittern beginnt, und weil ich genau weiß, dass seine Nerven gleich explodieren, drücke ich ihm die Hand vor den Mund. Leider nicht mehr schnell genug, denn er kann noch ein entsetztes »Hähm« von sich geben. Der Alien drüben steht wie angewurzelt und glotzt wie gebannt auf die Öffnung in der Mauer.

»Weg hier, Sascha«, schreie ich und stoße ihn vor mir durch den Gang. Schon sind wir wieder am Schacht und ich schwinge mich raus auf die Stufen.

Sascha aber turnt auf einmal am Rand des Schachtes herum und schreit in das Loch hinter sich: »Komm doch her, du Alienarsch. Ich breche dir sämtliche Knochen.« Er macht Karateschläge und zeichnet mit den Beinen Figuren in die Luft.

»Bleib doch cool, Mann«, rufe ich und versuche Sascha vom Schacht zurück in den Gang zu holen, damit er nicht runterfliegt.

»Ich war lange genug cool«, tobt Sascha weiter. »Ich will hier endlich raus, verdammt noch mal. Dieser Alien soll nur kommen, ich mach diesen Grünkohl alle. Kalt mache ich ihn, verstehst du?«

»Ich versteh dich gut, Mann«, sage ich. »Aber vielleicht ist der Typ ja sowieso schon kalt.«

»Ist mir doch egal.« Sascha setzt sich aber auf den Rand und lässt die Beine in den Schacht baumeln.

»Komm, wir gucken erst mal wieder nach Lenhard«, sage ich. »Er wird sich Sorgen machen.«

Wir balancieren über den stinkenden Abgrund zurück, da fängt Sascha schon wieder an zu schreien.

»Ich will endlich hier raus!«, brüllt er, legt den Kopf ins Genick und sieht nach oben. Der Schacht bebt geradezu von dem Geschrei. Es knallt und schallt wie in einem Trichter und ich brülle einfach mit. Das tut unheimlich gut und vielleicht ist ja doch jemand in der Nähe, der uns hört und sich Gedanken macht. Wir schreien, dass uns die Trommelfelle schwirren, machen immer mal eine Pause und warten auf die Antwort. Die ist auch plötzlich da. Steine kommen von oben geflogen. Kometenähnlich und groß wie Melonen kommen sie angesaust und klatschen unten im Morast auf. Irgendjemand bombardiert uns.

»Seid ihr blöd dort oben?«, schreie ich und drück mich an die Wand.

Sascha aber kriegt schon wieder einen Wutanfall. »Ich brech dir alle Knochen, du Alienschwein!«, schreit er und turnt auf seinem Stein herum.

»Wir müssen raus aus dem Schacht«, schreie ich Sascha zu und rutsche schnell die Stufen wieder runter in unseren Kamin. Wieder kracht ein Stein an die Wände des Schachts. Verfehlt Sascha nur um Haaresbreite und klatscht unten in dem weichen Moder auf. Jetzt hat es Sascha auch geschafft. Keuchend wirft er sich durch die Öffnung im Felsen. Keine Spur mehr von Angst. Nur noch die helle Wut.

»Einmal gehen dem die Steine aus«, versuche ich Sascha zu beruhigen, der schon wieder aus dem Loch sehen will. »Lass uns erst mal nach Lenhard sehen.«

Sascha nickt einsichtig. Wir wollen gerade wieder rüber in die Grotte zu Lenhard, da hören wir draußen im Schacht einen wilden, schrillen Angstschrei, der blitzartig näher kommt. Jetzt wieder das Klatschen des Morastes und dann tiefe Stille.

Sascha ist nicht zu halten. Er steht schon wieder oben am Kamin und guckt nach draußen.

»Ich sehe nichts, Antonio«, ruft er. »Hol doch mal die Laterne von Lenhard!«

Ich fege rüber. Der Schäfer sitzt noch so, wie wir ihn verlassenen haben, mit geschlossenen Augen und stöhnt leise vor sich hin. Der Admiral liegt bei ihm und sieht ihn unverdrossen an.

Ich nehme die Laterne und renne zurück, leuchte runter. Und fast genau an jener Stelle, an der wir Lenhard gefunden haben, inmitten von Tierkadavern, Holz und Steinen, klebt wieder mal ein Mensch. Er ist bis zu den Hüften im Morast versunken und er lebt. Fuchtelt furchtbar mit den Armen und schreit wie wild: »Hilfe! Ich versinke, oh mein Gott.«

»Das ist doch Julio«, schreit Sascha verblüfft.

Und ich rufe sofort: »Julio, bist du das?«

»Ja, ich bin es«, jammert Julio. »Oh Gott. Wer ruft mich?«

»Antonio«, sage ich.

Und Sascha fragt: »Wie kommst du denn hier runter?«

Julio schweigt einen Augenblick, dann sagt er jammervoll: »Ich bin gestoßen worden.«

»Bestimmt von demselben Schwein, das Steine auf uns geworfen hat«, schreit Sascha und macht sich mal wieder auf den Weg nach unten. Ich natürlich hinterher.

Wir müssen Julio oben haben, bevor der Steinewerfer wieder loslegt. Wir kriegen den Wirt gut zu fassen und ziehen ihn mit einem einzigen Ruck aus dem Schlamm. Der Mann hat sagenhaftes Glück gehabt. Ein paar Beulen und die rechte Hand ein bisschen verstaucht. Sonst fehlt ihm nichts. Der weiche Schlamm des Brunnens, der schon den Sturz des Schäfers abfederte, und ein unwahrscheinliches Glück haben nun auch dem Wirt den Hals gerettet. Er turnt ganz von alleine vor uns her die Stufen hoch und rein ins rettende Loch. Und trotz der schrecklichen Umstände muss ich lachen. Auch Sascha lacht. An Julios Hose fehlt der Boden. Kreisrund weggerissen. Blank leuchtet der Mond.

»Hast du wirklich nicht gesehen, wer dich reingestoßen hat?«, fragt Sascha, als wir wieder oben sind, und zieht Julio rüber zum Bach.

»Keine Ahnung.« Der Wirt schüttelt den Kopf. »Ich habe an der Burg nach euch gesucht, plötzlich Schreie gehört und bin zum Brunnen gelaufen. Irgendjemand war vor mir da. Er rannte aber weg.«

»Dann hast du in den Brunnen gesehen und diesen Stoß bekommen?«, fragt Lenhard plötzlich mit schwacher Stimme und schlägt die Augen auf.

Julio nickt und wirft einen merkwürdigen Blick auf den Schäfer.

Lenhard sagt nur: »Das Böse.« Dann schlägt er das Kreuz, auch über Sascha, mich und den Hund und schließt die Augen wieder.

»Was meint er damit?«, fragt mich Julio leise und sieht den Schäfer irgendwie komisch an.

»Er denkt, der Teufel hat uns das alles hier eingebrockt«, erklärt Sascha. »Er war es aber nicht.«

»Und wer dann?«, fragt Julio mit gerunzelter Stirn.

Sascha überlegt einen Augenblick: »Der Alien.«

»Der was?«, fragt Julio verdattert.

»Der Alien«, erklärt Sascha und erzählt dem Gastwirt alles, was wir mit dem Grüngesicht bisher erlebt haben.

Julio hört aufmerksam zu und sagt immer wieder: »Ich begreif das alles nicht. Antonio, ich begreife es einfach nicht.«

»Ich auch nicht«, sage ich, sehe wieder mal nach dem Leberwurstglas und denke voller Sorge an alle, die davon satt werden sollen.

Julio scheint meine Gedanken erraten zu haben. Er nimmt sich zwei Scheiben Brot und beschmiert sie unverschämt dick mit Wurst. »Wenn es lange dauert«, sagt er kauend und sieht auf den Admiral, »werden wir den Hund schlachten müssen.«

Ich glaube nicht richtig gehört zu haben und tippe mir dann an den Kopf.

Sascha sagt sofort: »Schlachte dich doch selber.«

»Rede nicht so mit mir«, sagt Julio auf einmal ganz giftig und springt auf. »Ich lass mir von so einer Rotznase doch nicht dumm kommen.«

Sascha ist auch aufgesprungen.

»Lass dir lieber von ihm dumm kommen«, rate ich Julio. »Denk mal an die Typen in St. Sebastian, die haben den gleichen Fehler gemacht.«

Julio wird sofort wieder friedlich. Er erinnert sich jetzt an St. Sebastian. Das ist ganz offensichtlich. Mir fällt plötzlich ein, Julio war doch gar nicht dabei, als Sascha dem Typen auf dem Bahnhof die Zähne poliert hat. Woher weiß er es also? Vielleicht von Stallone, beruhige ich mich. Bevor ich die Sache zu Ende denken kann, öffnet Lenhard die Augen und wirft Julio einen nachdenklichen Blick zu. »Ich wusste nie, warum dich der Admiral nicht mochte. Jetzt weiß ich es.«

»Lenhard«, sagt Julio beschwörend. »Es war nur ein Spaß. Komm, mein Guter«, lockt er den Hund. Doch der Admiral denkt überhaupt nicht daran, zu Julio zu gehen. Sein edles Gesicht verzerrt sich. Er zieht die Lefzen hoch, zeigt seine mächtigen Zähne und knurrt Julio an.

»Der kann doch wohl nicht verstanden haben, was ich sagte«, murmelt Julio und rückt ein Stück weg. »Man muss ja vorsichtig sein bei diesem Hund.«

Das ist das Letzte, was ich höre. Dann sacke ich weg. So erledigt, wie ich plötzlich bin, kann ein Mensch gar nicht sein. Ich fange sofort an zu träumen. Von den weiten grünen Wäldern hinter dem Hassfeld und wie gut sie riechen. Auch von Sarah, meiner coolen, schönen Mutter, die auf einem hohen Berg steht und einen Trichter in der Hand hält, in den sie immerzu reinruft: »Sascha, Antonio! Hallo! Admiral.«

Jemand rüttelt mich an der Schulter. Ich schieße hoch, sehe in das glückliche Gesicht des Schäfers. »Antonio, wach auf!«

Und jetzt höre ich es wieder von draußen durch den Schacht. »...ascha, ...onio, da unten?«

»Wir sind hier.« Sascha hängt schon im Kamin und schreit wie verrückt. »Wir sind hier unten. Hallo!«

»...eid ...ii ... gesund?«

»Nur Lenhard ist verletzt«, rufe ich nach oben. »Uns geht's gut.«

Jetzt höre ich auch meine Mutter Sarah. Sie ruft nach unten: »olen eu dor raus ...eine Angst.«

Jetzt ist auch Stallone zu hören. »Seile ... hoch«, schreit er. »Uh ... was Geduld. Bergsteiger...rüstung schon unterwegs.«

»onio«, ruft jetzt Jes, meine Großmutter. »örst ... mich?«

»Ich höre dich«, rufe ich zurück.

»ilfe ist nah ... nich den Verstand verlieren.«

»Sie haben ihn schon verloren«, schreit Julio plötzlich ganz gehässig. »Ich wollte sie retten. Und sie sind total aggressiv und undankbar.«

»Mann, Julio. Das ist doch nicht dein Ernst?«, sage ich.

Auf einmal rasselt es im Schacht. Ein Rettungssitz wird heruntergelassen. Und wer sitzt drauf? Stallone. Er sieht sich im Schacht um, beginnt ebenfalls sofort zu würgen, reißt sich aber zusammen und sagt cool: »Hallo, Freunde.«

Und ich sage: »Willkommen in der Hölle, Stallone.«

Während Lenhard sofort das Kreuz schlägt, schnallt ihn Stallone schon auf dem Rettungssitz fest.

»Erst die Jungen«, murmelt der Schäfer.

»Erst Lenhard«, sagen wir wie aus einem Mund. Schon wird er im Brunnen hochgezogen. Wir sehen ehrfürchtig hinterher, wie unser Schäfer zum Himmel entschwindet. Jetzt erst entdeckt Stallone auch den Wirt. Julio sitzt da und stiert vor sich hin. Stallone sieht ihn an wie eine Erscheinung und fragt dann: »Was machst du denn hier unten?«

»Ich wurde hier reingeworfen«, beschwert sich Julio wehleidig. »Als ich die Jungen gefunden hatte, bekam ich einen Stoß und stürzte in den Abgrund.«

»Echt?«, fragt Stallone perplex und wir sagen beide wie aus einem Mund: »Total echt. Er kam hier runtergeflogen wie Batman, ist aber leider im Schlamm stecken geblieben.«

»Dass du auch fliegen kannst«, sagt Stallone jetzt. »Ein Talent nach dem anderen taucht bei dir auf.«

»Wie meinst du das?«, fragt Julio misstrauisch. Doch Stallone hat keine Zeit mehr für Erklärungen, denn der Rettungssitz kommt zurück.

»Wer ist als Nächster dran?«, will Stallone wissen.

»Ich«, sagt Julio jämmerlich. »Meine Verletzungen schmerzen entsetzlich.«

Wir sind einverstanden und Julio entschwebt nach oben. Als er schon ein gutes Stück über unseren Köpfen schwebt, fängt Sascha wieder an zu prusten und ich auch. Julios blanker Vollmond schimmert durch die Riemen des Rettungssitzes. Es ist ein so unglaubliches Bild, dass es nun auch Stallone beutelt vor Spaß. Wir schreien und prusten vor Lachen. Als ob der nackte Hintern eines Gastwirts das Witzigste ist, was es auf der Welt geben kann. Nach ein paar Minuten kommt der Sitz zurück und Sascha samt Admiral sind an der Reihe. Stallone schnallt die beiden fest und Sascha mit Hund steigt jetzt auf in den Himmel. Mir aber kommt bei dem Anblick in den Sinn, was die beiden für sagenhafte Typen sind. Sascha, eine Kanone von Freund, und der Admiral, ein fürstlicher Köter.

Ich mache einen Sprung nach oben, als ob ich sie noch mal erwischen wollte, und brülle, so laut ich nur kann: »Danke, Sascha, danke, mein guter Admiral!«

Sascha tippt sich genervt an den Kopf. Mein Admiral aber, der wie ein Schlafsack aus Pelz über Saschas Schoß hängt, äugt zu mir runter und bellt.

»Jetzt bist du dran, mein Alter«, sagt Stallone, nachdem das Ding wieder zurückgekommen ist. Er drückt mich auf den Sitz, gibt mir die Katze in den Arm und schnallt mich fest. »Gute Reise und grüße oben deine Mutter von mir. Sie ist eine sagenhafte Frau.«

»Grüß sie selber«, sage ich vorsichtig. Und dann sage ich noch: »Und denke immer dran, so ein Sommer ist verdammt kurz.«

»Was haben Grüße an deine Mutter mit dem Sommer zu tun?«, fragt Stallone und grinst ratlos.

»Mehr, als du denkst«, sage ich.

Stallone aber fasst mich am Arm und lauscht nach oben. »Das hört sich ja an wie Hagelkörner.«

»Sind aber nur Saschas Zähne. Jetzt, wo das Theater vorbei ist, kommt die Angst.«

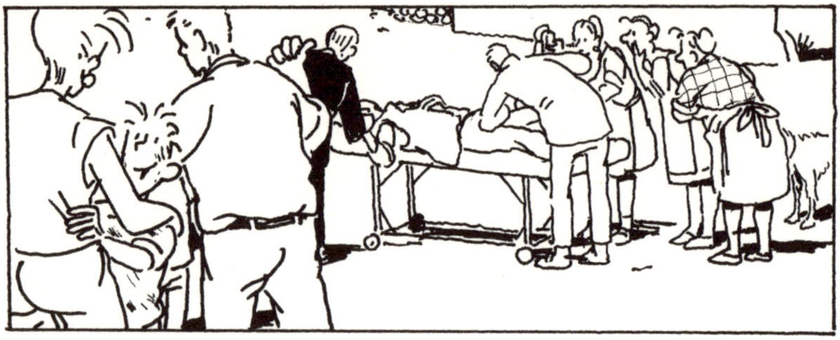

Der Rettungshubschrauber, mit dem Lenhard ins Krankenhaus gebracht wird, steht auf dem Kirchplatz. Das halbe Dorf steht um ihn herum und winkt. Der Schäfer liegt auf der Trage. Wir aber liegen, seit wir aus dem Loch gekrochen und ins Dorf gekommen sind, immerzu in anderen Armen. Obwohl wir stinken wie die Iltisse und noch gar nicht zu Hause waren, will uns jeder erst mal an sein Herz drücken. Mit Rettern haben es die Leute gerne zu tun. Versteh ich gut, weil jeder gerne gerettet wird. Am glücklichsten ist die alte Anselma. Sie zeigt jedem ihre Katze und erklärt vertraulich: »Weil sie ein christliches Tier ist, wurde sie gerettet. Ihr müsst eure Katzen taufen lassen, dann kann ihnen nichts geschehen.«

Jetzt sieht Anselma Pater Dominic aus der Kirche zu uns rüberkommen. Sie läuft ihm entgegen und sagt: »Einen Segen für meine Katze, Pater.«

Dominic segnet gelassen Anselmas Katze und sagt dann: »Milch wäre ihr im Augenblick aber lieber.«

Während Anselma davonjagt, um die Katze zu füttern, beugt sich der Pater über die Trage: »Lenhard, mein alter Freund. Ich danke Gott, dass er dich gerettet hat.«

»Vor dem Bösen hat er mich gerettet, unser Herrgott«, sagt Lenhard feierlich. »Es ist noch im Dorf, Dominic.«

Der Pater nickt, erwidert nichts und segnet nun auch den Schäfer. No steigt zu Lenhard in den Hubschrauber. Sie will nicht, dass er alleine ins Krankenhaus fliegt. Die Türen werden verschlossen und das Ding steigt auf.

»Oh, oh, Antonio. Du stinkst.« Meine coole Mutter rümpft die Nase, lacht mal wieder ihr herrliches Lachen und strahlt mich an.

»Er hat sich ewig nicht gewaschen«, sagt Sascha angewidert und hält sich die Nase zu.

»Das wird sich sofort ändern.« Stallone schnappt plötzlich Sascha mit der einen Hand und mich mit der anderen. Er schleppt uns wie zwei Bündel Lumpen rüber zum Teich und wirft uns rein. Das halbe Dorf schreit vor Vergnügen. Auch Sarah, meine Mutter, lacht mit und wir jetzt auch. Plötzlich schwimmt Stallone neben uns. Sarah hat ihm einen satten Stoß verpasst. Wir krabbeln wieder raus und freuen uns. Das ganze Dorf ist voller Fröhlichkeit. Mir kommt es vor, als ob die Ferien jetzt erst richtig begonnen hätten, als ob nun wieder alles wäre, wie es früher mal war. Das aber ist es nicht. Kann es gar nicht sein. Nach all den schrecklichen Dingen. Nach Mord und Totschlag. Nach der stinkenden, hoffnungslosen Hölle, die wir mit Ach und Krach gerade hinter uns haben. Mir fällt plötzlich auf, dass Artur gar nicht da ist.

»Wo ist eigentlich der Förster?«, frage ich Stallone, der neben mir steht und sich schüttelt wie ein nasses Huhn.

Er zuckt die Schultern und sagt ziemlich gleichgültig: »Im Wald vielleicht.«

»Im Wald?«, frage ich. »Das gibt's doch nicht.«

»Wieso nicht?«, fragt Stallone und sieht aufmerksam zum Hotel hinüber, aus dem gerade Julio und Clement, der Frisör, kommen.

»Du machst mir vielleicht Spaß. Wir wären fast in diesem Loch verschimmelt, zusammen mit 'ner Menge toter Tiere, für die sich Artur als Förster interessieren müsste, und er steckt einfach so im Wald?«

»Er wird schon seine Gründe haben.« Stallone schüttet Wasser aus seinen Schuhen.

Sarah aber drängt: »Los jetzt, nach Hause, Leute.«

»Ich wundere mich nicht, dass der Förster nirgends zu sehen ist«, sagt plötzlich der Frisör bedeutsam. »Jetzt, wo die Jungens hinter seine Schweinerei gekommen sind.«

»Hinter welche Schweinerei?«, fragt Jes und verzieht mal wieder hochmütig die Stirne.

»Den Massenmord an Tieren«, sagt der Frisör. »Der Schäfer und die Jungens haben seine Mördergrube entdeckt und sollten deshalb beseitigt werden. Julio, der sie retten wollte, auch. Ist doch klar. Oder wer, denkst du, hat den Wirt sonst in den Brunnen gestoßen?«

»Ich kann es nicht glauben, dass der Förster hinter all diesen Dingen stecken soll.« Jes schüttelt fassungslos den Kopf. »Warum denn nur?«

Julio schüttelt viel sagend den Kopf. »Ich bin sein Freund und lasse nichts auf ihn kommen. Aber es wird sein Lebenswandel sein.«

»Was denn für ein Lebenswandel?«, fragt No.

»Karten, hohe Schulden«, sagt Julio traurig. »Alleine bei mir hat er sechstausend ...« Er bricht ab und sagt dann: »Der psychische Faktor. Kein Erfolg als Förster. Artur hat viel mitmachen müssen. Der Tod seines Vaters. Die Leute hier lehnen ihn ab. Er war doch völlig isoliert und der Laufpass, den ihm vor ein paar Jahren die Frau, die er so sehr liebte, gab ...«

»Quatsch«, sagt Sarah plötzlich und wird feuerrot. »So ein kurzes Sommertheater macht doch diesen Baum von Mann nicht kaputt. Erzähl hier bloß keinen Blödsinn, Julio. Die Leute glauben es noch.«

»Sie haben guten Grund, es zu glauben.« Der Frisör seufzt mitfühlend. »Julio war lange genug Arturs Freund. Er weiß, wovon er spricht.«

»Was heißt eigentlich, war?«, fragt Sarah empört. »Ihr redet ja so, als ob der Förster nicht mehr am Leben ist.«

»Vielleicht ist er es noch.« Julio sieht düster umher. »Aber was für ein Leben ist das? Mit dieser Krankheit und all der Schuld.«

»Und mit dem Alien in sich«, murmelt mir Sascha auf einmal zu.

Und dann im Auto, der Frisör fährt uns persönlich nach Hause, zischt Sascha noch zu mir rüber: »Jetzt ist alles klar, Antonio. Der Förster ist überhaupt nicht mehr der richtige. Der Alien hat sich Artur geschnappt, dort oben auf dem Hassfeld, und hat ihn völlig ausgelutscht. Er sitzt jetzt in ihm drin und zieht die ganzen Sachen ab.«

Mich schüttelt es wieder vor Grausen, weil ich mir vorstelle, wie der arme Artur ausgeleert wurde. »Meinst du wirklich?«, frage ich Sascha.

Der nickt ernst und fängt an zu bibbern.

»Wollt ihr?«, fragt der Frisör und hält uns zwei riesige knallrote Granatpflaumen nach hinten. »Aber Vorsicht, sie sind überreif. Nicht hineinbeißen. Am besten, ihr lutscht sie aus.«

Mich würgt es vor Ekel.

Nach dem Duschen wird gefuttert. Der Frisör ist wieder weg. Dafür ist Stallone da. Und obwohl meine Mutter sich so herrlich hergerichtet hat, dass sogar mein Freund Sascha die Luft anhält, sieht Stallone immer nur auf Jessicas selbst geräucherten Schinken. Krampfhaft stiert er drauf, als ob ihn gleich ein anderer verschlingen würde. Ist der Kerl bescheuert oder was? So eine irre Frau am Tisch und er glotzt auf den Schinken. Erst als ihn Sascha fragt: »Wie habt ihr uns denn eigentlich gefunden?«, hebt er den Blick, streift Sarah mal ganz kurz mit den Augen und sagt: »Durch den Ziegenbock. Ich habe ihn von oben gesehen.«

»Von wo oben?«, fragt Sascha etwas begriffsstutzig.

»Vom Flugzeug«, erklärt Stallone.

Und Jes sagt: »Als ihr verschwunden wart, ist Herr Jens nur noch geflogen und hat nach euch gesucht.«

»Gottfried trieb sich ständig an der Habichtsburg herum«, sagt Stallone. »Da fiel bei mir der Groschen. Wo der Bock ist, muss auch der Hund sein. Und wo der Hund steht, ist der Schäfer nicht weit.«

»Das ist genial«, sagt Sarah, steht auf und fällt Stallone um den Hals.

»Ihr solltet besser ins Bett gehen«, sagt No streng und schiebt uns aus dem Zimmer.

»Wir müssen noch was klären.« Sascha sträubt sich und verrenkt den Hals.

»Hat keinen Zweck, Mann«, sage ich und helfe Jessica beim Schieben. »So eine Umarmung dauert.«

Wir stehen im Dorf vor dem Hotel an der Haltestelle. Wir wollen nach St. Sebastian ins Krankenhaus, um Lenhard zu besuchen. Auch der Admiral ist mit von der Partie. Schließlich ist er Lenhards nächster Angehöriger und hat ein Recht seinen Menschen zu besuchen. Es ist heiß, die Sonne brennt schrecklich und es dauert noch, bis der Bus kommt.

»Wir gehen solange rüber zu Julio ins Hotel«, schlage ich Sascha vor. Er hat schon ein rotes Gesicht von der Hitze. Auch der Admiral in seinem dicken Fell hechelt jämmerlich.

Plötzlich stößt mich Sascha an. Artur, der Förster, marschiert die Dorfstraße runter, direkt auf das Hotel zu. Er sieht weder rechts noch links und hat es ziemlich eilig. Im Biergarten vorm Hotel sitzen Julio, der Frisör und die beiden Typen aus St. Sebastian. Sie haben uns noch gar nicht bemerkt, diskutieren heftig, hören aber jetzt auf und starren Artur entgegen. Der ist schon fast heran.

Auf einmal biegt ein Wagen der Polizei mit Signalhorn und Lampe auf die Dorfstraße ein. Er hält mit quietschenden Bremsen vor dem Förster. Zwei Männer steigen aus und zeigen ihren Ausweis. Alles geht sehr schnell. Artur bekommt die Arme auf den Rücken gedreht, Handschellen angelegt und wird ins Auto geschoben. Schon setzt sich der Wagen wieder in Bewegung und ist auch gleich hinter der Kurve verschwunden. Ich stehe mit Sascha und dem Admiral wie festgeleimt auf der Straße, sehe der Staubwolke des Wagens hinterher und weiß überhaupt nicht, was ich sagen soll. Dafür sagt der Frisör jetzt etwas.

»Bravo«, ruft er und lacht plötzlich so laut und höhnisch, dass es über die ganze Dorfstraße schallt. »So musste es mit dem Grünrock ja mal enden.«

Und ich glaube es erst nicht. Auch Julio mit den beiden Typen lacht schallend. Jetzt sieht er uns, hört auf zu lachen und legt sein Gesicht in bekümmerte Falten.

»Mein armer Artur. Er ist zu weit gegangen.«

Ich komme nicht mehr dazu, Julio zu fragen, wie weit Artur gegangen ist. Der Bus kommt und wir steigen ein. Die ganze Fahrt über sind wir sprachlos. Ich weiß nicht, was ich zu dem Ganzen sagen soll. Auch Sascha weiß es nicht. Artur hat sich zwar ziemlich komisch benommen, seitdem wir angekommen sind, aber dass er festgenommen wurde, ist ein absoluter Schock.

Wir schweigen beide bis St. Sebastian. Erst im Krankenhaus fängt Sascha wieder an zu reden.

»Ich finde es bescheuert, dass man Hunde nicht mit ins Krankenhaus nehmen darf«, sagt er empört zu der dicken Frau am Empfang. »Jeder weiß schließlich, dass sie tierische Heilkräfte besitzen.«

Die dicke Lady lässt aber nicht mit sich reden. »Noch nie

hat ein Tier diese Schwelle überschritten«, schnauft sie empört.

»Jeden Tag«, sagt Sascha cool.

»Was soll das heißen, jeden Tag?«, fragt die Empfangsdame und sieht über ihre Brille.

»Jeden Tag kommen hier eine Menge Tiere rein.« Sascha schiebt seine Hand durch die Scheibe in den Schalter. »Wollen wir wetten?«

»Ich wette nie.« Die Dicke schnauft und schiebt Saschas Hand zurück. »Es kommen keine Tiere hier rein.«

»Und was ist mit Bakterien, Bandwürmern und Salmonellen?«, fragt Sascha.

Die Empfangsdame sagt wütend: »Schafft den Hund hier raus oder ich hole den Ordnungsdienst.«

Sascha geht mit dem Admiral wieder raus vor das Krankenhaus und ich marschiere zu Lenhard.

Er liegt allein im Zimmer und freut sich, als er mich sieht.

»Der Admiral ist auch da«, sage ich zur Begrüßung. »Sie lassen ihn aber nicht rein.«

»Dann gehen wir raus.« Der Schäfer steht auf und zieht sich an. Das Bein ist noch immer geschient, aber nicht vergipst. »Es war kein Bruch«, erzählt er mir. »Nur eine offene Wunde. Ich bin wohl in einen Ast oder etwas ähnlich Spitzes gestürzt. Ihr habt mich grade noch rechtzeitig gefunden. Die Wunde war schon sehr entzündet. Kein Wunder bei dem Dreck und dem Gift ringsum.«

Er hinkt an seiner Krücke den Flur entlang und fragt mich, wie es zu Hause geht.

»Deine Herde ist in guten Händen«, erzähle ich ihm. »Der Schäfer aus der Nachbargemeinde hat seinen Sohn geschickt. Der betreut die Herde, bis du wieder auf den Beinen bist.«

»Wird nicht mehr lange dauern«, sagt Lenhard und wirft der Frau am Ausgang einen so entschiedenen Blick zu, dass sie gar nicht erst den Mund aufzumachen versucht.

Der Admiral freut sich riesig. Der Schäfer freut sich auch. Als sich die beiden beruhigt haben, suchen wir uns eine Bank.

»Das vergesse ich euch nie.« Lenhard reicht jedem von uns die Hand. »Niemals werde ich euch das vergessen.«

»Was denn?«, fragt Sascha, obwohl er genau weiß, was der Schäfer meint.

»Ihr habt nicht nur mich aus der Hölle geholt«, sagt Lenhard feierlich, »auch diesen Hund hier habt ihr vor dem sicheren Ende bewahrt. Ohne mich hätte der Admiral nur noch ein paar Tage gelebt.«

Der Hund sitzt vor dem Schäfer, hört ganz genau zu und ich bilde mir sogar ein, er würde sagen: »Goldrichtig. Jetzt mach ich's noch ein bisschen.«

»Hast du das gehört?«, frage ich Sascha.

Der sieht mich an und fragt: »Was denn?«

Dann sehe ich zum Schäfer. Der lächelt und nickt erst mir, dann dem Admiral zu. Dann sagt er ernst: »Es ist noch nicht zu Ende, Sascha und Antonio. Das Böse ist noch immer im Dorf. Hütet euch.«

»Wir werden gehütet«, sagt Sascha. »Die treiben uns morgen aus dem Dorf weg, wie du deine Schafe.«

Und ich sage: »Ich hätte gerne noch gewusst, was hinter dem Ganzen steckt.«

»Das Böse«, sagt der Schäfer wieder. »Hütet euch.« Dann fragt er so ganz nebenbei: »Wie geht es eigentlich Artur?«

»Ist vorhin verhaftet worden«, erklärt Sascha mit Grabesstimme dem Schäfer. Und der spricht wieder seine rätselhaften Worte: »Das Böse, Antonio, das Böse.«

Es ist spät geworden, als wir zurückkommen. Außer uns sitzt niemand im Bus. Und da es ohnehin Ärger geben wird zu Hause, haben wir uns entschlossen noch mal bei Stallone im Hotel vorbeizusehen, um ihm Adieu zu sagen. Wer weiß, wo er morgen früh ist, wenn wir abfahren.

Am Hotel ist alles dunkel. Wir gehen ums Haus herum, nach hinten in den Wirtschaftshof. Auch hier herrscht Dunkelheit. Nur in einem der Apartments, die vom Hof über die Außentreppe zu erreichen sind und seit der Renovierung nicht mehr vermietet werden, brennt Licht. Stimmen sind dort auch zu hören. Wer da redet, ist nicht festzustellen. Ich will schon hoch, um nach Stallone zu fragen, da geht die Türe auf und einer der beiden Typen aus St. Sebastian erscheint.

Er fuchtelt mit einem langen, kettenähnlichen Gegenstand, scheint angetrunken zu sein und ruft jetzt ziemlich laut: »Du kennst bestimmt den Weg zu dem alten Gemäuer dort oben, Falko.«

»Schrei noch lauter, du Idiot.« Der andere Typ ist nun auch erschienen und greift nach seinem Kompagnon, wohl um ihn wieder in die Türe zu ziehen. Der aber schlenkert immer weiter mit dem kettenähnlichen Gegenstand und sagt in derselben Lautstärke: »Also bis Mitternacht. Dann sind wir reich.«

»Halt das Maul!«, knirscht Falko jetzt wieder und versucht erneut den Angetrunkenen zurück ins Apartment zu ziehen. Der macht ein paar Schritte die Treppe hinunter, stolpert und klammert sich am Treppengeländer fest. Dabei lässt er den bewussten Gegenstand zu Boden fallen. Sascha krallt mir seine Hände in den Arm. Die roten Augen sind da. Mitten auf der Treppe. Sie flackern an den Beinen des Mannes hoch und setzen sich jetzt auf ihn. Er stößt einen erschrockenen Schrei aus, dann ein schauriges Ächzen, bricht zusammen und stürzt die Treppe hinunter. Die Augen flackern noch einen Augenblick, dann sind sie verschwunden. Und auch wir verschwinden. Wie von allen Teufeln gehetzt jagen wir aus dem Hof des Hotels.

Schon nach wenigen Metern kommen uns Schritte entgegen.

»Die haben gesehen, dass wir im Hof waren, und wollen uns abfangen«, bibbert Sascha und zieht mich hinter einen abgestellten Kleinbus. Zwei Leute kommen uns entgegen. Gar nicht eilig. Sehr gemächlich. Sie gehen eng umschlungen, bleiben immer mal stehen. Jetzt küssen sie sich, lange und verliebt. Es ist mir peinlich, Leuten zuzusehen. Sarah hasst das und ich hasse es auch.

»Deine Abfangjäger«, sage ich zu Sascha und will gerade wieder hinter dem Kleinbus vor. Doch er hält mich zurück.

»Bleib noch eine Minute«, sagt er und grunzt vergnügt. Ich aber grunze nicht. Ich staune. Meine coole Mutter Sarah und Stallone.

»Weißt du, was das heißt?«, zische ich Sascha zu.

»Klar«, sagt er. »Papa Stallone heißt das.« Er schlägt mir ehrlich auf die Schulter. »Hätte schlimmer kommen können, Mann.«

»Quatsch«, zische ich. »Die Sache ist im Herbst gegessen. Aber für uns zwei gibt es jetzt wieder eine Chance.«

»Und welche?«, fragt Sascha.

»Vielleicht bekommen wir Stallone weich, noch hier bleiben zu können. Sarah wird jetzt sicher auch gerne noch bleiben.«

»Vielleicht auch nicht«, sagt Sascha. »Vielleicht will der Typ jetzt mit euch an der Ostsee bergsteigen.«

Sarah und Stallone sind schon ein Stück weiter, fast am Eingang zu Julios Wirtschaftshof.

Sascha schreit auf einmal: »Wir müssen sie doch warnen, Antonio.«

Sofort kommt die Antwort Stallones: »Und ich warne euch, Freunde.«

Meine Mutter aber sagt mal wieder ganz cool: »Oh, oh, Antonio.«

»Die roten Augen.« Wir laufen auf die beiden zu und Sascha japst vor Aufregung. »Sie haben eben wieder einen Typen geschnappt.«

»Seid ihr sicher?«, fragt Stallone konzentriert. Er fragt nicht mal, was es für Augen sind. Fragt nur: »Wo?«

»Auf der Treppe von Julios Wirtschaftshof.«

Ich sehe, dass Stallone scharf überlegt, erzähle ihm auch, was der Typ so gesagt hat, bevor ihn die Dinger erwischten.

Stallone hat es plötzlich furchtbar eilig.

»Ich muss sofort telefonieren«, sagt er. »Ihr drei geht nach Hause. Und ich kümmere mich um alles andere.«

»Können wir uns nicht mitkümmern?«, frage ich.

»Geht nach Hause«, wiederholt Stallone. Dann lächelt er Sarah zu und sagt: »Bis morgen!«

»Morgen sind wir schon weg«, sagt Sascha und hält ihm scheinheilig die Hand hin: »Mach's gut, Stallone. Es war nett, dich kennen zu lernen.«

»Macht's besser, Freunde«, erwidert er grinsend, »und vor allem: Macht keine Dummheiten.«

Schon läuft er. Und wir sehen ziemlich bescheuert hinterher.

»Da kommt vielleicht was auf dich zu, Mann«, sagt Sascha sorgenvoll.

Sarah aber flüstert mir zu: »Du musst zugeben, dass es viel schlechter hätte kommen können.«

»Vorher ist immer Hoffnung da. Aber was ist hinterher?«

Als ich sehe, dass sie von meiner Antwort enttäuscht ist, gebe ich zu: »Also gut, dieser Stallone ist ein cooler Typ.«

»So cool nun auch wieder nicht.« Sarah seufzt. »Aber er ist endlich mal ein Mann, der was zu bieten hat.«

»Als arbeitsloser Bergsteiger?«, fragt Sascha skeptisch. »Wenn du dich mal nicht schwer wunderst.«

»Wunder gibt es immer wieder.« Sarah lacht. Mir aber ist nicht nach Lachen zumute. Ich muss an all die Sommertypen denken, auch an diesen Stallone. Ich denke an den Sommer, und der ist in sechs Wochen zu Ende.

Wir sitzen auf der Terrasse und feiern Abschied. Die Nacht ist hell und No hat rote Augen. Nicht so rot wie die Teufelslichter, aber ganz schön rot.

»Wenn man nur wüsste, wie diese Sache weitergeht«, sagt Jes, tupft sich ebenfalls die Augen und nickt.

»Man weiß es nicht«, schüttelt No. »Es ist zu gefährlich und unser Entschluss goldrichtig.«

»Du hast noch so viele Ferien vor dir.« Sarah will mich an sich drücken.

»Wenn wir morgen krepieren, waren es die letzten.« Sascha steht wütend auf und will raus. Da fährt unten ein Wagen vor.

No läuft runter und wir hören sie gleich darauf rufen: »Kommen Sie doch rein, Herr Jens.«

Stallone kommt herein. Er sieht müde aus und ernst.

»Wir müssen noch mal hoch zur Burg, Leute«, sagt er jetzt zu Sascha und mir. »Nur, ohne euch wird das nichts.«

»Wohin müsst ihr?«, fragt Sarah und ich sehe trotz des schwachen Lichts auf unserer Terrasse, dass sie richtig weiß im Gesicht geworden ist.

»Zur Habichtsburg«, sagt Stallone. »Durch Antonio und Sascha haben wir entscheidende Dinge erfahren. Jetzt müssen sie uns noch einmal helfen. Es ist die einzige Möglichkeit, gewissen Dingen auf die Spur zu kommen.«

»Bist du verrückt?« Sarahs Augen funkeln gefährlich. »Kaum sind die Jungen aus der Gefahr heraus, bringst du sie wieder hinein.«

»Sarah, sie müssen uns helfen«, sagt Stallone eindringlich. »Ohne sie wird es vielleicht einen weiteren Toten geben.«

»Oder zwei oder drei«, sagt Sarah und schüttelt den Kopf. »Tut mir Leid, ich kann das nicht erlauben.«

»Ich schwöre dir, den Jungen wird nichts passieren.« Stallone sieht Sarah ganz tief in die Augen. »Ich würde nie darum bitten. Aber wir kennen uns unter der Burg einfach zu wenig aus.«

»Was hast du überhaupt mit der Sache zu tun, als arbeitsloser Bergsteiger?«, frage ich Stallone.

Er zögert einen Augenblick und sagt dann: »Keine Zeit, dir das jetzt zu erklären. Auf jeden Fall habe ich damit zu tun. Helft uns bitte. Wir müssen den Raum mit den Kisten finden, sonst haben wir keine Beweise.«

Sarah schüttelt den Kopf. »Die Jungen waren doch auch erst einmal dort unten.«

»Ich finde die Stelle wieder, man braucht nur raus in den Brunnen und nach oben in die zweite Öffnung zu klettern.« Ich hole schon meine Schuhe. »Ich gehe mit, Stallone. Du auch, Sascha?«

Bei Sascha klappern die Zähne, aber er nickt entschlossen. »Klar, Mann.«

»Gut«, sagt Sarah und holt tief Luft, »dann komme ich eben auch mit.«

Stallone will widersprechen, sieht aber ein, dass es zwecklos ist, und wir gehen alle runter zum Wagen. Dort sitzt schon der Typ, dem angeblich das Flugzeug gehört und den Stallone immer mit Alois anredet. Er grinst uns freundlich entgegen. Als er Sarah zu Gesicht bekommt, verschwindet das Grinsen wieder.

»Sind wir nicht ein bisschen zu viele?«, fragt er.

»Dann bleiben Sie doch zu Hause«, schlägt ihm Sarah vor.

»Geht nicht.« Stallone schüttelt den Kopf. »Alois brauche ich wie das liebe Brot.«

Stallone setzt sich ans Steuer und wir fahren los.

Nach zwanzig Minuten sind wir in der Nähe der Burg. Wir lassen den Wagen hinter einer mächtigen Weißdornhecke stehen und machen uns die restlichen 500 Meter zu Fuß auf den Weg. Plötzlich werden wir vom Waldrand her scharf angeleuchtet und geblendet.

Ich erschrecke fast zu Tode, fange mich aber wieder ein, als mir jemand die Hand entgegenstreckt. Den Mann, der dazu gehört, kenne ich auch noch nicht. Er heißt Roger und ist ein riesiger Typ.

Sascha sieht ihn sorgenvoll von oben bis unten an und erklärt schließlich: »Oh Mann, wird das Beulen geben da unten.«

Roger nickt Sascha sorgenvoll zu: »Das befürchte ich auch.«

Ein dritter Typ steht etwas entfernt.

Stallone ruft: »Alles klar, Konstantin?«

Der Typ nickt gelassen und hebt eine MP in die Höhe.

Die zwei Männer sind mit allerlei Packzeug beladen, mit Seilen und Taschen. Roger hat zwei längliche Futterale über den Schultern hängen, von denen er jetzt eines an Stallone weitergibt.

»Waffen?«, fragt Sarah und packt uns entschlossen am Arm. »Aber ohne diese Kinder und mich.«

»Sie kommen nicht zum Einsatz«, schwört Stallone. »Du kannst sicher sein, es wird kein einziger Schuss fallen.«

Zur Habichtsburg sind es keine fünf Minuten Weg mehr. Dann liegt das alte Gemäuer düster und geheimnisvoll vor uns.

Konstantin beginnt uns jede Menge Leinen, Haken und Ösen um den Körper zu legen. Sascha zieht zum Spaß mal kräftig an einer Strippe. Ich schlage sofort um wie die weiße Birke vor Nowaks Grundstück, will mich an Roger halten, der aber geht mit mir zusammen zu Boden. Er schnauzt uns an, wir sollen jetzt keine Dummheiten machen. Dafür wird er aber von Stallone, der mit Alois vom Brunnen zurückkommt, angeschnauzt.

»Warum hast du sie so angeschirrt?«, fragt Alois wütend. »Wie sollen die sich denn dort unten bewegen?« Er schält uns wieder aus den Strippen, legt einfach und sauber zwei Leinen. Dann hängt er uns Westen um, die fast so schwer sind wie Blei, und setzt jedem noch einen Helm auf.

Wir marschieren los. Im Schneckentempo geht es den bekannten Einstieg entlang. Kein Schritt wird gemacht, ohne vorher alles abzuleuchten.

Endlich sind wir wieder an dem bewussten Abzweig. Doch weder Sascha noch ich können uns entscheiden, wie wir bei dem ersten Einstieg gelaufen sind. Stallone wird jetzt ziemlich sauer.

»Ihr müsst euch erinnern«, sagt er. »Davon hängt alles ab. Andernfalls hätten wir euch gar nicht mitzunehmen brauchen.«

Wir entschließen uns nach links zu gehen und kommen

erneut an eine Gabelung, die aber bald vor einer großen Felswand endet. Roger kauert sich hin und untersucht die Trümmer.

»Ein Bergsturz, höchstens ein paar Tage alt«, sagt er und deutet auf ein paar zerdrückte Schnecken.

»Natürlichen Ursprungs?«, fragt Stallone sachlich.

»Da wurde tüchtig nachgeholfen.« Roger zieht eine verbogene Brechstange unter den Trümmern vor.

»Kann man das Zeug wegräumen?«, fragt Stallone.

Roger zuckt die Schultern. »Heute nicht mehr. Keine Zeit dazu.«

»Was sucht ihr hier eigentlich?«, fragt Sarah Stallone.

»Beweise. Wenn wir sie nicht finden, war alles sinnlos.«

Wir kehren zur alten Abzweigung um. Jetzt weiß ich den Weg wieder und bald stehen wir vor unserer Grotte. Auch hier muss es einen Bergsturz gegeben haben. Ebenfalls von Menschenhand. Der mächtige Stein, der uns den Rückweg verlegt hat, liegt noch immer vor dem Eingang. Stallone schüttelt ungläubig den Kopf, deutet auf den Felsbrocken. »Der soll hier nicht gelegen haben? Ihr wollt da durchgegangen sein?«

»Hundertprozentig«, erklärt Sascha und bückt sich. Er kommt wieder hoch und hat Lenhards Pfeife in der Hand. »Die habe ich damals genau hier verloren.«

»Da war nicht bloß einer am Werk«, murmelt Roger. »Einer allein kann solche Steinmassen nicht bewegen.«

»Er kann.« Konstantin hat offensichtlich Ahnung davon, wie man derartige Felsbrocken bewegt. »Wenn man sich hier auskennt und wenn die Felsen günstig liegen. Uraltes Mauerwerk, überall ist Wurzelwerk hindurchgewachsen. Es dürfte nicht so schwer gewesen sein, mit einem ordentlichen Hebelwerkzeug.«

Stallone sagt wütend: »Und alles nur, um die Jungen für immer verschwinden zu lassen.«

Konstantin entdeckt jetzt oberhalb des Steins, der die Grotte verschließt, einen Kamin und steigt nach oben. Man hört ihn eine ganze Weile hantieren, dann kommt seine Stimme: »Geht mal paar Meter zurück! Ich möchte etwas versuchen.«

Stallone dirigiert uns wieder zurück, fast bis zu der Kreuzung der beiden Gänge. Wir hören wieder das bewusste Knirschen und Ächzen, das uns gestern noch durch Mark und Bein ging. Dann ruft Konstantin: »Ihr könnt kommen.«

Wir laufen zum Verlies zurück und fassen es nicht. Der Stein vor der Höhle ist verschwunden.

»Wie hast du das gemacht?«, fragt Stallone, lässt uns aber noch keinen Schritt in die Grotte hinein.

»Eine Hebelvorrichtung«, ruft Roger. »Die ist noch intakt. Gehört offensichtlich zu einer alten Flutungsanlage, mit der das Wasser des ehemaligen Flutgrabens in die Burg geleitet werden konnte. Man kann damit sogar die Wände versetzen. Wurde benutzt, wenn Eroberung drohte, oder bei einer Revolte, um die Rebellen zu ersäufen, falls sie hier unten steckten. Raffiniert konstruiert.«

»Können wir rein?«, fragt Stallone. »Ist die Sache absolut sicher?«

»So sicher wie Abrahams Schoß«, sagt Konstantin lächelnd.

Wir treten in die Höhle und ich zeige Sarah im Vorbeigehen die Bilder. Sie hat aber keine Augen dafür. Sieht sich nur immerzu um und murmelt: »Ich muss wirklich verrückt sein, bei so was mitzuspielen.«

Roger aber sagt bewundernd: »Das ist eine Sensation, die ihr hier entdeckt habt, Leute. Ihr werdet berühmt.«

Auch Stallone gerät immer mehr in Stimmung. Nachdem er die Decke und den Boden des Raumes noch einmal gründlich abgeleuchtet hat, damit keine Gefahrenquelle übersehen wird, lässt er unsere Leine etwas lockerer. Wir gehen immer tiefer in die Höhle hinein. Ich entdecke im Licht der starken Lampen Dinge, die uns bei unserem ersten Besuch völlig entgangen sind. Sämtliche Wände der Höhle sind mit Bildern bemalt. Jeder einigermaßen ebene Stein ist wunderbar verziert. Sogar der Höhlenboden weist großflächige Bilder auf.

Es müssen viele Maler gewesen sein. Vielleicht hat sogar das ganze Dorf hier gemalt, um seine Geschichte aufzubewahren und daran zu erinnern, was Menschen zu leiden hatten. Man sieht Bilder aus dem Krieg. Grausame, furchtbare Szenen. Aber auch das friedliche Leben der Leute, wie sie arbeiten, spielen, feiern.

»Eine komplette Bildgeschichte aus dem Mittelalter, hier im Gebirge. Es ist nicht zu fassen«, sagt Roger und hüpft regelrecht vor Freude.

»Roger ist ein großartiger Kunstexperte und weiß, was er sagt«, erklärt uns Stallone.

Konstantin ist schon wieder hinter einer Felsenwand verschwunden. »Das zweite Wunder ist, dass ihr bei eurem Kampf gegen die Wand eines der Antriebsräder der Flutungsanlage außer Gefecht gesetzt habt. Sonst ...«

Sarah stöhnt schon wieder auf und schüttelt den Kopf.

»Dafür bezahlen sie!« Stallones Augen funkeln.

Konstantin aber ist noch immer mit der Anlage beschäftigt. »Dass die nach so vielen Jahrhunderten noch funktioniert!«

»Die Antriebsräder sind aus Stein«, erklärt er dann, »daran liegt es wohl. Um sie zu bewegen, reicht eine kräftige

Stange oder ein starker Ast. Davon gibt es nun wirklich genug.«

»Aber wer, verdammt noch mal, will zwei Jungen ans Leder?«, sagt Sarah wütend. »Auf so eine verdammt niederträchtige Art noch dazu.«

»Der Teufel«, sagt Sascha bibbernd. »Der war es.«

»Aber einer, den man erwischen kann.« Stallone sieht sich entschlossen um. »Vorwärts, Leute, wir haben keine Zeit mehr. Wo liegt der Gang, der zu den Kisten führt?«

Ich will ihn gerade rüber zum Kamin winken und ihm die Stufen nach oben zeigen, da ruft Konstantin: »Hier hinter der Flutanlage geht es auch nach oben.«

»Dann versuchen wir es zuerst dort«, sagt Stallone entschlossen. »Es muss schnell gehen. Wenn wir nicht vor ihnen da sind, war alles vergeblich.«

Wir steigen in den schmalen Gang, der steil nach oben führt. Die Luft wird schlagartig wieder miserabel. Ein Beweis, dass der Schacht unmittelbar in der Nähe ist. Und da liegen sie auch wieder, diese kleinen schimmernden Metallscheiben, an denen wir uns die Knie aufgeschnitten haben. Niemand achtet darauf. Ich aber stecke mir wieder zur Erinnerung eine Hand voll davon ein.

Plötzlich stößt Stallone einen unterdrückten Freudenruf aus. Wir sind genau auf jenen Raum getroffen, in dem wir damals die Kisten gesehen haben.

Die Männer sind schon damit beschäftigt, sie zu öffnen. Sie sind bis oben mit klein gesägten Hornstücken gefüllt. Stallone schüttelt fassungslos den Kopf und sagt immer wieder: »Diese Verbrecher!«

Konstantin kommt jetzt aus dem Hintergrund der Höhle. Roger ebenfalls. Sie tragen mächtige Geweihe in den Händen.

Ich erkenne sofort, dass sie alle von Welschböcken stammen.

Konstantin deutet mit dem Kopf nach hinten. »Friedhof der Hörnertiere«, sagt er voll Empörung und dann sagt er noch: »Dort hinten liegt die Hoffnung unzähliger Menschen begraben.«

In diesem Augenblick fiepst das Handy von Stallone. Er horcht aufmerksam und sagt dann: »Wir haben es gerade noch geschafft.«

Uns erklärt er: »Wir bekommen Besuch, Freunde. Ich wollte eigentlich, dass ihr wieder weg seid. Aber die haben es plötzlich sehr eilig.«

»Verdammt noch mal.« Sarah ist stocksauer. »Willst du sagen, dass hier unten gleich was losgeht? Eine Schießerei vielleicht?«

»Es wird keine Schießerei geben.« Stallone ist völlig cool. »Beim geringsten Versuch zur Waffe zu greifen werden die Typen unschädlich gemacht.«

»Und ihr hier«, er schiebt Sarah und uns hinter einen Felsvorsprung, »bleibt hier und kommt erst wieder zum Vorschein, wenn ich euch das sage.«

Dann geht er eilig zu den anderen. Sarah zischt wütend hinterher: »Willst du uns wirklich allein lassen?«

»Das muss ich«, sagt Stallone. »Aber dies ist der einzige Weg zu euch hier hinten. Und es kommt keiner an mir vorbei, da kannst du sicher sein.«

»Das hoffe ich sehr.« Sarah kauert sich neben uns auf den Boden. Ich aber ärgere mich mal wieder, denn von hier aus ist nicht die Bohne zu sehen.

Auf einmal stößt mich Sascha an. Der Felsen hat einen Spalt. Ziemlich weit unten, knapp über dem Boden. Mein Freund liegt schon auf dem Bauch und äugt hindurch. »Eine erstklassige Optik«, zischt er zu mir hoch und ich rutsche neben ihn. Ich sehe die drei mit ihren Lampen über das ganze große Gewölbe verteilt.

Jetzt höre ich Stallone zischen: »Licht aus, Leute.« Das Licht geht aus und schon liegt wieder die fürchterliche, lähmende Dunkelheit über dem Raum.

Neben mir bibbert Sarah ebenso wie Sascha, und ich, um ehrlich zu sein, habe auch nicht gerade die ruhigsten Finger. Vorsichtshalber fasse ich rüber zu meiner Mutter, um sie etwas zu beruhigen. Doch plötzlich habe ich Saschas Pfote in der Hand. Auch gut. Hand ist Hand, denke ich und sehe wieder durch den Spalt. Doch was ich jetzt dort sehe, ist so fürchterlich, dass ich Saschas Finger zusammenpresse wie einen Schwamm.

In dem Gewölbe, unweit der Kisten mit den Welschbockgeweihen, steht ein Alien. Wie immer ist nur das grässliche Grün seines Gesichts zu sehen und jetzt – am liebsten würde ich laut aufschreien – sehe ich zwei weitere dieser widerlichen Monster. Fast bewegungslos stehen sie da und ich merke, dass Saschas Zittern außer Kontrolle zu geraten droht, denn einer der Aliens sieht sehr aufmerksam zu uns herüber und bewegt den Kopf. Und mir fällt es wie Schuppen von den Augen.

»Sascha«, zische ich. »Wir sitzen in der Falle. Wir sind ihm auf den Leim gegangen.«

»Wem denn?«, fragt Sascha.

»Dem Alien, Mann. Er hat uns reingelegt. Dass ich da nicht drauf gekommen bin.«

»Worauf?«, haucht Sascha und auch Sarah sieht mich entsetzt an.

»Alfred Jens«, zische ich. »Lasst doch mal das ›Fred‹ weg.«

Beide bewegen jetzt automatisch die Lippen und Sascha

sagt als Erster laut: »Aljens.« Dann sagt er noch: »Ich glaube, ich muss kotzen, Antonio. Stallone ist der Alien?«

Ich kann nur noch nicken und überlege, wie wir hier rauskommen. Da sehe ich, dass es Sarah geradezu schüttelt. Zuerst denke ich, dass es Angst ist, und will sie trösten. Dann aber sehe ich, dass sie lacht.

»Ich bin bestimmt die erste Frau, die einen Alien geküsst hat, Antonio«, keucht sie schließlich.

Ich staune mal wieder, wie verdammt cool Sarah doch ist. Da stößt sie mich an, denn drüben sind Schritte zu hören und Stimmen. Das grüne Licht der Aliens flackert noch einen Augenblick auf, dann ist es verschwunden. Wieder tiefe Dunkelheit.

Die Stimmen kommen näher. Jetzt auch endlich ein schwacher Lichtschein. Er wird stärker, Handlampen. Ich presse meinen Kopf an den Spalt. Sascha ebenfalls. Wir sehen nur die Beine. Und hören dann Stimmen, von denen wir mindestens eine gut kennen. Sie gehört Clement, dem Frisör. Er wird von Falko, dem einen der Typen aus St. Sebastian, begleitet. Die beiden sind in großer Eile und fegen in der Grotte umher wie bei einem Zehnkampf. Der Frisör rollt hastig Säcke auf. Falko schaufelt in großer Eile den Inhalt der Kisten in sie hinein. Dann laufen die beiden in den hinteren Teil des Gewölbes und holen unaufhörlich weitere Geweihe von Welschböcken nach vorne. Es sind dutzende, zum Teil schon durchgesägt und in Folien verpackt.

Ich sehe fassungslos auf den Berg, der immer größer wird, kann an manchen Geweihen sogar noch erkennen, welchen Tieren sie gehörten, und denke an all die Namen, die wir ihnen bei unseren Begegnungen gegeben haben. Beatle, Oskar Lafontaine, Überläufer, Einsiedler.

Schließlich sind die beiden mit der Arbeit fertig und schleppen einen Sack nach dem anderen zum Kamin, der in den Schacht hinausführt.

»Lauf nach oben und mach die Winde klar«, höre ich den Frisör hektisch rufen und Falko macht sich auf den Weg.

Er ist kaum zwei Schritte durch das Gewölbe gelaufen, da schmettert Stallones Stimme, messerscharf: »Europol! Hände hoch!«

Statt die Hände hochzunehmen, schleudern der Frisör und nun auch Falko die Lampen von sich. Es wird sofort wieder stockdunkel. Man hört nur noch das Tappen vieler Schritte und das Keuchen gehetzter Menschen. Plötzlich sind die Aliens wieder da. Drei grüne grässliche Fratzen und wieder Stallones Stimme. »Hier spricht Europol. Sie kommen nicht mehr raus. Jeder Widerstand ist zwecklos.«

»Verdammt, Nachtsichtgeräte«, zischt der Frisör giftig. »Wenn wir unsere nur auch hier hätten.«

»Habt ihr aber nicht.« Konstantin lacht grimmig. »Habt es dieses Mal wohl nicht für nötig gehalten? Ich sage es zum letzten Mal: Die Hände hoch, wir haben euch im Visier. Die geringste Bewegung und wir schießen. Auf den Boden legen. Die Arme weg vom Körper. Die Beine auch.«

Jetzt endlich gehen die Lampen wieder an und beleuchten ein total verrücktes Bild. Clement, der Frisör, und Falko, einer dieser Typen aus St. Sebastian, liegen auf dem Bauch in der Grotte. Die Arme und Beine weit weg vom Körper gestreckt. Stallone und Konstantin mit komisch geformten Brillen, von denen ich jetzt weiß, dass es Nachtsichtgeräte und keine Aliengesichter sind, vor den Augen, knien daneben und legen ihnen Handschellen an.

Roger, ebenfalls mit Nachtsichtgerät vor dem Gesicht, hat

seine Maschinenpistole in der Hand, die auf die beiden gerichtet ist.

Weil ich es satt habe, auf dem Bauch zu liegen und durch den Felsspalt zu äugen wie ein Grottenolm, stehe ich auf und laufe nach vorne. Sascha natürlich hinterher.

»Kommt sofort zurück«, ruft Sarah empört. Aber das ist nun wirklich zu viel verlangt. Sarah kommt jetzt selber nach vorne und sieht sprachlos auf die zwei am Boden.

»Ich protestiere«, kreischt der Frisör. »Wir werden hier gegen alles Recht festgehalten.«

»Protest zur Kenntnis genommen.« Stallone zieht ihn vom Boden hoch. »Du kannst noch heute vor dem Haftrichter protestieren.«

»Was wirft man uns denn vor?« Der Frisör windet sich wie ein Wurm.

»Schwerer Wildfrevel, Mord, Mordversuch, Körperverletzung«, zählt Stallone gelassen auf. »Wenn wir noch ein bisschen nachdenken, kommt noch mehr zusammen.«

Jetzt erst hat der Frisör Stallone mitbekommen. Er starrt ihn mit offenem Mund an.

»Du?«, knirscht er schließlich und Stallone nickt lächelnd.

»Ja.« Und Konstantin stellt jetzt übertrieben höflich vor: »Darf ich bekannt machen. Das ist Coroner Alfred Jens von Europol.«

»Europol«, sagt der Frisör und sieht wie ein Wiesel von einem zum anderen. Schließlich zischt er seinem mitgefangenen Komplizen zu: »Ich habe immer gesagt, dass mit diesem Kerl was nicht stimmt. Ein arbeitsloser Bergsteiger.«

Der Frisör lacht hasserfüllt. Falko aber heult plötzlich laut los: »Ich wollte das doch alles nicht. Auch das mit Benito.«

»Halt dein Maul!«, schreit der Frisör wild und bäumt sich auf. »Hör auf zu quatschen. Du redest uns noch mehr rein.«

»Mehr geht gar nicht«, sagt Konstantin und hält Falko die Handlampe vors Gesicht. »Wenn du etwas Gutes für dich tun willst: Wie war das denn mit dem alten Benito?«

»Halt den Mund, Falko!« Der Frisör wird immer wütender. »Was haben wir mit Benito zu schaffen?«

»Ihr habt ihn umgebracht.« Stallone macht eine Bewegung zum Hals. »Einen alten, verzweifelten Mann, der nicht mehr mitmachen wollte, habt ihr einfach aus dem Weg geschafft. Mord zur Lösung eurer Probleme. Auch Lenhard ist nur durch einen Zufall davongekommen und diese Jungen hier.«

»Wir haben durch einen Zufall die Höhle mit den Welschbockgeweihen gefunden. Was ist daran strafbar?« Der Frisör hat seine Fassung wieder gefunden und versucht auf die Beine zu kommen.

»Und hier, das ist wohl auch nur durch einen Zufall in diese Kiste gekommen?« Alois wirft den beiden jetzt ein paar dieser schlingenähnlichen Gebilde vor die Füße, die auch der Typ auf der Treppe in den Händen hielt. Metallisch schimmernde Kettenglieder, die mit großen roten Glaskörpern besetzt sind.

»Ihr habt natürlich keine Ahnung, was das ist?«, fragt Stallone verächtlich.

Und der Frisör wiederholt verbissen: »Keine Ahnung.«

»Dann will ich euch mal auf die Sprünge helfen.« Alois legt Falko eine der Schlingen um die Füße.

Der schreit entsetzt auf und versucht das Ding von sich wegzustrampeln. »Nicht!« schreit er. »Ich will nicht sterben.«

»Manchmal betäubt es doch auch nur«, sagt Roger, hantiert an einer der Ketten herum und schon sind sie wieder da, die roten Augen. Sie zwinkern und blinken in der bekannten Weise, doch sie haben für mich jetzt jeden Schrecken verloren. Die roten Glaskörper sind es, die das merkwürdige und so schrecklich erscheinende Licht verbreiten.

Falko schreit wie am Spieß. Er wälzt sich hin und her. Auch der Frisör versucht aus der so offensichtlich gefährlichen Nähe wegzurollen.

»Keine Sorge.« Roger spuckt verächtlich aus. »Wir sind keine Mörder wie ihr. Die Dinger stehen nicht unter Spannung.«

»Elektronische Fallen«, erklärt uns Stallone angeekelt. »So heimtückisch wie wirkungsvoll. Das Wild wird mit Leckereien angelockt und läuft unweigerlich in die Falle.«

»Deshalb waren wohl auch plötzlich die vielen Tiere an der Eiche?«, frage ich ahnungsvoll.

»Und anderswo«, sagt Stallone. »Überall, wo Welschböcke wechselten, wurden Fallen ausgelegt. Das Wild, und wie wir jetzt wissen, manchmal auch ein Mensch, läuft ahnungslos hinein. Diese Dinger hier legen sich wie Schlangen um die Beine und betäuben oder töten durch einen elektrischen Stromstoß. Dann leuchten die roten Lampen auf. Sie geben diesen Kreaturen hier ein Signal, dass wieder ein Tier in der Falle sitzt. Oder ein Mensch.«

»Das mit Benito wollte ich nicht.« Falko zittert am ganzen Leib. »Er sollte nur einen Denkzettel bekommen.«

»Wofür?«, fragt Stallone.

»Halte doch das Maul!«, knirscht der Frisör.

Doch Falko hat sich entschlossen zu reden. »Benito hat mitgemacht, weil er dachte, es wäre für einen guten Zweck, Behandlung von Kranken oder so etwas. Als er aber sah, dass es mit diesen Fallen hier geschieht, und welche Menge von Tieren getötet wurde, ist er ausgestiegen.«

»Deshalb habt ihr ihn umgebracht«, sagt Sarah und schüttelt fassungslos den Kopf.

»Ich war es nicht«, heult Falko.

»Und wer dann?«, fragt Roger und sieht den Frisör an.

»Ich war es auch nicht. Ich habe diese Dinger noch nie gesehen.« Der Frisör ist schon sehr viel kleinlauter geworden.

»Jeden Abend«, sagt Stallone. »Immer wenn die roten Augen durch die Gegend geisterten und abergläubische Leute erschreckten, zwei kluge Jungen aber neugierig machten, habt ihr nicht nur sofort nachgesehen, ob wieder ein Welschbock oder sonst ein armes Tier in der Falle saß. Ihr habt diese mörderischen Dinger auch sofort wieder neu aufgeladen und ausgelegt.«

»Das wirst du beweisen müssen«, zischt der Frisör und reißt wild an seinen Handfesseln herum.

»Das werden wir«, sagt Stallone und schiebt ihn vor sich her zum Ausgang. »Falko wird uns dabei helfen. Für Mord gibt's nämlich lebenslänglich.«

»Ich helfe euch, ehrlich«, plärrt Falko wieder los. »Benito war nur noch in den Wäldern unterwegs, um Tiere zu befreien, die in die Fallen geraten waren. Da wurde ihm selbst eine Falle gestellt.«

Der Frisör schreit furchtbare Flüche zu Falko und Stallone rüber. »Du weißt, dass ich nicht da war, als Benito starb, du Verräterschwein!«, schreit er.

»Ich habe nicht gesagt, dass du es warst«, sagt Falko schniefend und sieht triefäugig rüber zum Frisör.

»Wer dann?«, fragt Stallone.

Falko schüttelt den Kopf. »Lebenslänglich ist immer noch besser als tot. Er bringt uns um, wenn wir ihn verraten.«

»Schafft die Mistkerle hier raus«, sagt Stallone.

Alois und Roger schnappen sich den Frisör und schieben ihn vor sich her, nach draußen in den Gang. Er dreht jetzt völlig durch und schreit wie ein Wahnsinniger: »Wir waren doch schon reich, Millionen und Abermillionen.«

Sein Geschrei wird allmählich leiser und ist schließlich ganz verschwunden. Nur noch Falkos Heulen ist zu hören. Er heult jämmerlich und schnüffelt wie ein Kind. Mir tut er überhaupt nicht Leid. Ich muss an all die armen Welschböcke denken. Auch an die Hunde und Katzen der Leute aus dem Dorf, die in die Fallen gelaufen sind und in den Brunnen der Burg geworfen wurden. An Benito denke ich und an meinen Schäfer.

Sarah schüttelt immerzu den Kopf und fragt: »Was wollten die denn nur mit diesem ganzen Gehörn?«

»Millionäre werden«, erklärt Stallone.

»Machst du Witze?« Sarah schüttelt den Kopf. »Was hätte ihnen dieser Haufen stinkender Geweihe denn gebracht?«

»Vorsichtig geschätzt, etwa zwanzig Millionen Mark.« Stallone wiegt bedeutsam den Kopf.

Wir stehen sprachlos da und allmählich glaube ich, dass Stallone den Verstand verloren hat. Schließlich schluckt Sascha wieder mal sehr vernehmlich: »Zwanzig Millionen, für die Hörner von ein paar Welschböcken?«

»Vielleicht sogar noch mehr«, erklärt Alois. Er nimmt eine kleine Stange in die Hand und hebt sie hoch: »Mit diesem Pfund Horn können bald tausende von Menschen von einer furchtbaren Krankheit geheilt werden.«

»Ich will hier raus.« Sarah reicht es jetzt. »Sonst muss *ich* gerettet werden.« Sie schiebt Sascha und mich entschieden vor sich her durch die Grotte.

»Stinkende Geweihe, die Millionen wert sind, Europol, ein harmloser Frisör, der plötzlich ein Gangster ist. Das sind doch Lachnummern, wie sie die Welt noch nicht gesehen hat.«

»Die aber schwere Heulnummern hätten werden können«, erwidert Stallone ernst. »Auch für dich.« Dann nimmt er sich Falko noch einmal vor: »Wo wolltet ihr das Zeug verladen?«

Der Typ macht schon wieder Ausflüchte, jammert rum, dass er keine Ahnung hat und dass Stallone doch ein Auge zudrücken könnte.

»Ich drücke dir gleich beide zu«, zischt plötzlich Konstantin bitterböse. »Entweder du arbeitest mit uns oder du verschwindest für den Rest deines beschissenen Lebens im Knast.«

»Wir sollten das Zeug hinter das Forsthaus bringen«, jammert Falko. »Dort wird es heute noch abgeholt.«

Endlich geht es wieder aufwärts ans Tageslicht. Das aber ist, als wir oben sind, noch gar nicht da. Es ist noch immer Nacht. Ich habe die Nase voll von all den Dunkelheiten in diesen Ferien. Es wird höchste Zeit, dass es auch mal wieder Tag wird für unsereinen.

Plötzlich wimmelt es von Leuten an der Habichtsburg. Und alle machen sie Männchen vor Stallone. Er scheint ein mächtig hohes Tier zu sein. Und noch was kommt mir in den Kopf. Dieser Typ wird, nachdem er seine Arbeit hier erledigt hat, blitzschnell wieder abpfeifen. Dorthin, wo die Europol zu Hause ist und wo er seinen Schreibtisch hat.

Sarah denkt wohl das Gleiche. Sie seufzt tief und traurig. Ich versuche meine coole Mutter ein bisschen zu trösten.

»Dieser Sommer ist noch nicht mal halb rum«, sage ich zu ihr. »Und so toll ist dieser Stallone nun auch wieder nicht.«

»Oh, oh , Antonio, das ist er doch«, flüstert mir Sarah zu. »Der wär's gewesen.«

»Er war's aber nicht«, erwidert Sascha. Und dann sagt er: »Du solltest dir meinen Vater mal ansehen. Er kann total gut kochen.«

»Besonders Omeletts«, sage ich.

Sarah aber schüttelt den Kopf. »Ein Sommer, ein Typ, Sascha. Dein Omelett ist frühestens im Juli nächsten Jahres dran, wenn überhaupt.«

Stallone hat Falko neben dem Frisör in einen der Wagen verstaut und kommt jetzt rüber zu uns: »Der letzte Akt des Dramas findet am Forsthaus statt. In einer halben Stunde ist alles vorbei. Dann lasse ich euch holen.«

»Nicht nötig«, sagt Sarah leise. »Es genügt mir, einmal bei solchem Räuber-und-Gendarm-Spiel zugesehen zu haben.«

»Aber mir nicht«, mault Sascha. »Wir haben ein Recht darauf, zu sehen, wie der Rest der Bande geschnappt wird.«

»Ihr habt das Recht mal einen Augenblick die Klappe zu halten.« Sarah sieht uns plötzlich etwas giftig an, dann fragt sie Stallone: »Hast du wenigstens einen Wagen für uns?«

Stallone schüttelt den Kopf. »Wartet noch die halbe Stunde hier. Auch, damit niemand gewarnt wird. Danach können wir reden.«

»Ich wüsste nicht, worüber.« Sarah ist gekränkt und traurig.

»Wir haben nichts mit dir zu bereden, Mann«, erkläre ich jetzt auch und dann sage ich laut zu Sascha: »Wann wollte sich dein Vater doch gleich mit Sarah treffen?«

»Überhaupt nicht«, sagt der Trottel ahnungslos.

Meine coole Mutter lacht. Und dieser verdammte Stallone lacht auch. Er gibt Sarah plötzlich und vor allen einen Kuss, dann äugt er rüber zu mir. Mir werden die Knie weich und ich sage: »Wage es nicht.«

Stallone lacht schallend. »Keine Angst, ich küsse keine Typen, die so stinken wie du gestern.«

»Nach Veilchen hast du auch nicht gerade gerochen«, gibt es ihm Sascha zurück.

»In einer halben Stunde reden wir«, ruft Stallone gut gelaunt.

»Wir haben nichts mit dir zu reden«, sage ich noch mal.

»Wirklich nicht?« Stallone sieht auf die Uhr. »Auch nicht, was mit dem Rest des Urlaubs passieren soll und der ganzen Zeit danach? Schon mal was von Liebe auf den ersten Blick gehört, Antonio?«

Er grinst liebevoll zu Sarah rüber, küsst sie noch mal und fegt davon.

Meine coole Mutter strahlt plötzlich wie die liebe Sonne und weil ich nicht will, dass sie wieder damit aufhört, rufe ich hinterher: »Also gut, reden wir.«

Sascha fängt schon wieder an auf Stallone zu fluchen, dass wir hier bleiben mussten, obwohl er uns eine Menge verdankt.

»So einen Typ findest du cool?«, fragt er stinksauer meine Mutter.

Die nickt todernst und sagt: »Fast so cool wie Antonio und dich.«

»Das verstehe ich nicht«, sagt Sascha. »Wenn der Frisör jetzt abhaut oder dieser Falko hierher zurückkommt, stehen wir ganz schön dumm da. »

»Die schaffst du doch alle beide mit deinem Karate«, sagt Konstantin plötzlich aus dem Hintergrund. Er sitzt, die MP neben sich auf einem Felsen, und qualmt.

»Bist du nicht total sauer, dass sie dich hier vergessen haben?«, fragt Sascha verwundert und setzt sich neben ihn. »So 'ne Show hat man doch nur einmal im Leben.«

»Einmal jede Woche meinst du wohl?« Konstantin pafft gemütlich. »Einer musste bei euch bleiben und ich bin froh, dass ich es bin. Außerdem«, er gähnt, »es wird nicht lange dauern, dann geht dieses Ding hier los.« Er hebt sein Handy hoch. »Was jetzt noch kommt, ist eine echte Kleinigkeit.«

»Was kommt denn noch?«, fragt Sascha gespannt.

Konstantin aber grinst nur und raucht schweigend weiter. Und es dauert nicht lange, da schläft er. Auch Sarah ist plötzlich sanft entschlummert. Ich sehe Sascha an und er mich. Mit zwei kleinen Schritten sind wir verschwunden. Ich überlege einen Augenblick mir Konstantins Wagen zu schnappen. Aber das wäre zu unfair. Außerdem, die paar Mal, die mich einer von Sarahs Sommertypen auf einem Parkplatz hat fahren lassen, würden nicht ausreichen für eine Spritztour rüber zum Forsthaus. Also machen wir uns zu Fuß auf den Weg. Wenn wir sprinten, schaffen wir es in zwanzig Minuten. Wenn es nur nicht so verdammt dunkel wäre. Überall Steine und Wurzeln. Wir holpern und stolpern wie Betrunkene. Schon nach den ersten hundert Metern macht Sascha einen Hecht. Er schießt kopfüber auf den Boden und hält sich jammernd den Fuß. »Am besten, wir bleiben gleich unten und kriechen«, schimpft er.

Auf einmal stöhnt er auf. Irgendetwas kommt vom Waldrand her auf uns zu. Eine fürchterliche Gestalt. Mal hat sie zwei Beine. Mal auch vier, einen merkwürdigen Körper und gleich zwei fürchterliche Köpfe. »Der Alien«, bibbert Sascha mal wieder.

»Gibt es doch nicht«, flüstere ich. »Du hast doch gesehen, dass die grünen Visagen Nachtsichtgeräte waren.«

»Dann ist das eben ein Alien ohne Nachtsichtgerät«, bibbert Sascha und drückt sich eng an mich.

Und auch ich bekomme jetzt wieder Zweifel. Denn die Bewegungen, die dieses Wesen dort drüben vollzieht, sind nicht von dieser Welt. Es ist ein fürchterliches Gehopse und

Gespringe. Mal erscheint mir, als ob ein Kopf auf dem Boden hängt, mal sind zwei oben. Jetzt fängt der Alien an, laut und empört zu meckern. Und ich höre Arturs Stimme: »Willst du endlich Ruhe geben, verdammter Stinker.«

In diesem Moment tauchen hinter uns Scheinwerfer auf. Wir überlegen rasch in die Büsche zu verschwinden. Aber Versteck gespielt wurde genug und so warten wir, bis der Wagen herangekommen ist. Im Scheinwerferlicht steht Artur, der Förster, mit Gottfried, dem Ziegenbock.

»Ich denke, du bist verhaftet?«, sage ich fassungslos.

»Falsch gedacht, Antonio«, sagt Artur und ich sehe ihn seit unserer Ankunft zum ersten Mal wieder lächeln.

Konstantin aber erklärt uns: »Das mit der Verhaftung war nur eine kleine Kriegslist, um die andere Seite in Sicherheit zu wiegen.«

Artur aber schimpft schon wieder auf den Ziegenbock. »Die ganze Nacht habe ich den Kerl gesucht. Ich bin fix und fertig.« Konstantin springt aus dem Wagen und hilft dem Förster, Gottfried zu bändigen. Der Bock wird an den Füßen gefesselt und auf die hintere Sitzbank verladen. Sarah hält sich die Nase zu. »Mein Gott, stinkt der Kerl.« Zu uns aber sagt sie: »Ich finde es erbärmlich von euch, in dieser Situation schon wieder abzuhauen.«

Ich finde, dass Sarah Recht hat, klettere wortlos mit Sascha neben Gottfried auf die hinteren Autositze. Artur klemmt sich nach vorne zu meiner Mutter.

Konstantin fährt nicht wie geplant zum Forsthaus, sondern steuert direkt auf das Dorf zu. Er fährt ziemlich schnell. Wahrscheinlich weil auch er am Rande des Wahnsinns ist, wegen des fürchterlichen Ziegenbockgestanks. Wir überqueren das Hassfeld. Dort ist alles stockdunkel. Nichts zu sehen. Nur die Satanseiche. Mächtig und schweigend steht sie da. Wir werden noch etwa zehn Minuten durchgeschüttelt und sind dann wieder im Dorf. Konstantin fährt direkt zum Hotel.

Dort ist trotz der Nacht Hochbetrieb. Fahrzeuge, Motorräder, Männer. Wir steigen aus. Konstantin hilft Artur den Ziegenbock zu bändigen. Gottfried kämpft wie ein Löwe. Mal fliegt der Förster zur Seite. Mal Konstantin. Doch es hilft nichts, der Ziegenbock muss mit hinein in die Wirtschaft.

Stallone ist schon da. Er sitzt mit Alois und Roger an einem Tisch. Sie winken uns zu. Auch Gottfried wird von Stallone freudig begrüßt. Jetzt kommt Julio, der Wirt, angewuselt. Er hinkt noch ein bisschen von dem Sturz in den Schacht, sieht den Bock, schließlich Artur und stutzt. Nun breitet er die Arme aus und will den Förster an die Brust ziehen. Der aber hat sich hingesetzt und tut so, als ob ihn Julios Begrüßung gar nichts anginge.

»Bist du auf Kaution entlassen?«, fragt der Wirt fürsorglich. »Die hätte ich auch für dich gestellt. Ich bin dein Freund. Du weißt es.«

»Und ob ich das weiß, Julio.« Der Förster greift sich ein Glas und dann die Weinflasche, die vor den Männern steht. Er schenkt sich ein und sagt dann: »Auf die Freundschaft.«

Julio strahlt über sein ganzes schönes Gesicht und ich denke wieder mal, was er doch für ein prima Kerl ist.

»Auf die Freundschaft«, sagt er jetzt auch und blinzelt allen zu. Aber nur ich blinzle zurück.

Stallone streicht sich über das Gesicht. »Ich hätte Lust auf eine Flasche Champagner.«

Julio ist im Augenblick wieder da und macht die Flasche auf. »Auf Arturs Heimkehr«, verkündet er bewegt und schenkt ein. Er hebt als Erster das Glas.

»Wir haben einen echten Grund zu feiern. Mein bester Freund ist aus dem Knast und die Verbrecher sind endlich unschädlich gemacht.«

»Bis auf einen.« Stallone sieht in sein Glas. »Der Kopf der Bande ist uns entwischt. Ist gar nicht erst erschienen zur Übernahme der heißen Ware am Forsthaus. Hat lieber auf seinen Anteil der Beute verzichtet, ist in Deckung geblieben und entwischt.«

»Wie kann denn jemand bei diesem Polizeiaufgebot entwischen?« Julio schüttelt verwundert den Kopf.

»Er hat sich blitzartig ausgerechnet, dass es nichts mit dem Millionending wird«, sagt Alois lakonisch. »Und ist in Deckung geblieben.«

»Ich höre immer Millionen«, sagt Sarah. »Vielleicht erklärt mir endlich mal einer, was es damit auf sich hat.«

»Endiferin.« Stallone legt ein Stück Welschbockhorn auf den Tisch. »Ein neu entdeckter, sensationeller Wirkstoff gegen Blindheit. Es wird vermutet, dass er geschädigte Sehnerven wieder aufbaut. Die Fachleute reden von einem Wunder. Nur ist das Mittel bisher leider nicht synthetisch zu produzieren und nur in winzigen Mengen in der Schale einer Tiefseemuschel vorhanden.«

»Aber was hat das alles mit uns hier zu tun?«, fragt Sarah. »Und vor allem mit den Welschböcken?«

»Sie produzieren das Endiferin in ihren Geweihen«, erklärt Stallone. »Und zwar in erstaunlichen Mengen. Ausgerechnet euer alter Kurpfuscher Benito ist dahinter gekommen. Er hat doch immer seine Wald- und Wiesenmittelchen gemischt. Hasengalle gegen Bluthochdruck, Krötenaugen gegen Pickel, Kalk vom Hassfeld gegen den bösen Blick und aus den abgeworfenen Stangen von Welschbockhörnern ein Mittel gegen Impotenz. Ob die Patienten potenter wurden, weiß ich nicht. Aber zumindest einer, der alte Gregor, konnte plötzlich wieder sehen. Fast über Nacht bekam er zumindest einen Teil seines Augenlichts zurück. Benito wurde aufmerksam und hat es sofort bei einer zweiten Blinden versucht, der Mutter des Frisörs. Auch sie konnte spontan wieder sehen. Ihr Sohn Clement aber sah plötzlich auch. Riesigen Reichtum auf sich zukommen. Er zog seinen Nachbarn, den Gastwirt Julio, ins Vertrauen. Der hatte aus vergangenen Schmugglerzeiten noch genügend Kontakte zur Unterwelt. Er besorgte die elektronischen Fallen. Chemiker aus der Drogenszene auch, die das Endiferin aus den Geweihen absorbieren sollten.«

Ich seh fassungslos Julio an. Auch Sarah ist sprachlos.

»Du steckst da mit drin?«, fragt sie schließlich mit solch entsetztem Gesicht, dass ich sie gleich wieder trösten möchte.

Julio hebt die Hände: »Bei allem, was mir heilig ist, Sarah. Ich habe nichts damit zu tun. Der Frisör will seinen Kopf retten. Deshalb erzählt er so etwas.«

»Der Frisör hat dich mit keinem Wort belastet und auch Falko nicht. Sie fürchten dich viel zu sehr«, sagt Stallone. »Es gibt andere unwiderlegbare Beweise.«

Julio sieht meine Mutter jetzt so verzweifelt und Hilfe suchend an, als ob von ihr sein Schicksal abhängen würde. »Ich habe Antonio das Schwimmen gelehrt, mit ihm Drachen steigen lassen.«

»Und Steine auf ihn geworfen, weil niemand euren Millionenfriedhof unter der Burg entdecken sollte.« Sarah ist leichenblass.

»Ich bin doch selbst in den Brunnen gestoßen worden«, schreit Julio händeringend. »Weil ich die Jungen entdeckt hatte und retten wollte, gab mir jemand einen Stoß und ich stürzte selber in den Brunnen.« Er sieht jetzt ziemlich schief zum Förster und sagt: »Ehrlich gesagt, ich hatte dich in Verdacht, Artur.«

»Was für ein Freund«, sagt der Förster ernst und bestätigt: »Es stimmt, Julio, du bist tatsächlich gestoßen worden. Ich gebe es zu.«

»Was sagst du da?«, schreit Sarah entsetzt.

»Aber nicht von mir.« Der Förster ist absolut gelassen. »Und Julio weiß das auch.«

»Und wer war es dann?«, fragt der Wirt herausfordernd.

»Er war es, lieber Freund.« Artur klopft dem Ziegenbock liebevoll auf die Hörner. »Du warst so beschäftigt damit, deine Steine auf den Schäfer und die Jungen zu werfen, um sie für immer dort unten verschwinden zu lassen, dass du Gottfried gar nicht bemerkt hast. Zum Glück. Dieser Streithammel hier hat mit seinem Stoß in deinen verlogenen Arsch nicht nur die Jungen gerettet. Dich hat er sogar für zwei Tage zum Retter und Märtyrer gemacht.«

»Der Ziegenbock?« Julio lacht auf einmal böse und höhnisch auf. »Was für eine tolle Geschichte, Förster. Nur, ob er als Zeuge zugelassen wird vor Gericht?«

»Nicht der Bock. Deine Hose.« Der Förster greift in die Tasche und holt einen Fetzen Stoff hervor. Der ist in der Mitte durchlöchert und wird jetzt von Artur über Gottfrieds Hörner geschoben.

»Passt genau«, sagt Sascha plötzlich und auch mir fällt es wie Schuppen von den Augen.

»Dein nackter Arsch«, schreit Sascha jetzt den Wirt an. Und ich sage erledigt: »Dieser Wahnsinnstyp Gottfried, hat dich genau in dem Augenblick erwischt, als du uns platt machen wolltest.«

»Ich hätte diesen Europolmann hier«, Artur deutet auf

Stallone, »fast zusammengeschlagen vor Empörung, als er sich vor ein paar Wochen zum ersten Mal mit mir in Verbindung setzte und sagte, dass hier oben eine internationale Wildererbande am Werke ist und dass du, Julio, einer der Drahtzieher bist. Mein Freund Julio. ›Niemals‹, habe ich gesagt. ›Er liebt diesen Ort, die Berge mit ihrer Natur. Am meisten aber liebt er seine Freunde.‹«

»Lass es dir erklären, Artur«, sagt Julio in flehentlichem Ton.

Der Förster aber schüttelt den Kopf. »Keine weiteren Lügen, Julio. Du hast obendrein mit allen Mitteln versucht die Sache auf mich abzuwälzen. Als ob ich die Hunde und Katzen der Leute erschossen hätte. Dabei waren sie in eure Fallen geraten und wurden, häufig nur von den Stromschlägen betäubt, in den Burgbrunnen geworfen, um dort grausam zugrunde zu gehen. Deshalb, Julio, erspar mir deine dreckigen Lügen, sonst ...« Der Förster wird auf einmal krebsrot im Gesicht und springt auf.

»Um Gottes willen, Artur, beherrsch dich!«, ruft Sarah.

»Ich musste mich lange beherrschen«, donnert der Förster. »Seit ich weiß, wer die Welschböcke wildert und auf welche Weise, habe ich mich beherrscht. Man müsste dich genau so erledigen, Kneipier, wie du diese armen Tiere erledigt hast.«

Julio steht mit gesenktem Kopf da und sagt kein Wort mehr. Plötzlich macht er einen Satz, springt rüber zur Kegelbahn und rennt dort zum Hinterausgang hinaus.

Stallones Leute fegen schon hinterher. Auch wir wollen hoch und mit.

Sarah aber sagt traurig: »Bei so was muss man nicht zusehen, Antonio. Es ist immer ein scheußlicher Anblick, wenn Menschen eingefangen werden.«

»Zuerst hat *er* eingefangen.« Stallone steht auf. »Dutzende von Tieren. Hier oben bei Hundertach gibt es die letzte große Welschbockpopulation. In allen anderen Verbreitungsgebieten sind sie schon fast völlig verschwunden. Dieser Wirt hätte auch noch den letzten erledigt für schnelles Geld und damit den Kranken jede Hoffnung genommen.«

»Wie habt ihr von der Sache Wind bekommen?«, fragt Sascha mit großen Augen.

»Dass Leute, die blind waren, plötzlich wieder sehen können, kann man nicht geheim halten«, sagt Stallone.

»Und wenn Drogendealer auf einmal statt Heroin zu verkaufen mit einem Wundermittel gegen Blindheit handeln, erst recht nicht«, erklärt Konstantin. »Zuerst glaubten wir, dass aus der Not kranker Menschen einfach nur Geld geschlagen werden sollte. Dann lernten wir den ersten kennen, der solch ein Pülverchen erworben hatte für fünfzigtausend Mark und wirklich wieder sehen konnte. Er gab mir, als vermeintlichem Vater eines blinden Kindes, den heißen Tipp. Und so kamen wir über mehrere Zwischendealer, die alle heute Nacht verhaftet wurden, hierher nach Hundertach.«

Alois kommt zurück. Er sieht Stallone an und zuckt mit den Schultern. »Wie vom Erdboden verschluckt.«

»Verdammt«, knirscht Stallone und schlägt auf den Tisch. Dann aber sagt er: »Wir bekommen ihn«, und steht auf. »Ich muss jetzt Protokolle ausfüllen. Und was macht ihr?«

»Wir«, sagt Sascha, »gehen …«

»… schlafen«, unterbricht ihn Sarah. »Konstantin fährt euch bestimmt nach Hause.«

»Und was machst du?«, frage ich.

»Protokolle ausfüllen.« Sarah lächelt. »Irgendjemand muss ihm dabei helfen.«

»Ein Sommerprotokoll?«, frage ich so ganz nebenbei.

Stallone schüttelt energisch den Kopf. »Ein Sommer-, Herbst- und Winterprotokoll.«

Wir stehen oben am Fenster und sehen rauf zur Eiche. Das ganze Haus riecht nach Wehmut. Es ist mal wieder so weit. Der September ist da. Es sind doch noch tolle Ferien geworden. Lenhard war ziemlich schnell aus dem Krankenhaus zurück. Das Bein ist gut verheilt und wir haben ihn und die Herde noch oft begleitet. Es waren herrliche Tage am Hassfeld vor der Satanseiche. Ohne Satansaugen oder Aliens. Der einzige Teufel auf den weiten Ebenen dort oben war Gottfried, der Ziegenbock. Ich weiß nicht mehr, wie oft er uns erwischt hat mit seinen hinterlistigen Stößen. Dreißig Mal bestimmt. Aber weil er uns nicht im Stich gelassen hat im Schacht, darf er seine Spielchen machen. Lenhard ist noch immer nicht völlig von seinem Aberglauben geheilt und schlägt jedes Mal das Kreuz, wenn die Eiche in Sicht kommt. Er schlägt es aber auch, wenn wieder ein Trupp Touristen, bewacht von Förster Arturs scharfen Augen, auftaucht, um die Welschböcke zu beobachten.

Mittlerweile weiß die ganze Welt, dass hier oben in Hundertach die Hoffnung von unzähligen Menschen lebt. Unsere Geschichte stand in allen Zeitungen. Es hagelte Stöße von Post aus aller Herren Länder, mit Glückwünschen, Einladungen und sogar mit Geld. Das aber haben wir leider nicht behalten können. Obwohl wir's dringend nötig hätten. Sarah und ich. Aber es wird noch nötiger gebraucht fürs große Welschbockzuchtprogramm. Tausend Tiere und mehr sollen in den nächsten Jahren hier oben gezüchtet werden um die weite Welt wieder mit Welschböcken zu besiedeln und um den Kranken helfen zu können. Das Gute an der Sache ist, die Tiere müssen nicht getötet werden. Sie wechseln ohnehin jedes Jahr ihr Gehörn.

No ruft auf einmal ziemlich aufgeregt von unten: »Antonio, Sascha, kommt mal vors Haus.«

Wir gehen runter und sehen eine Menge Leute dort stehen. Artur, Roger, Konstantin, Stallone, und Sarah natürlich auch. Das halbe Dorf sowieso. Anselma mit der Katze und Pater Dominic. Auch Lenhard mit dem Admiral sind zum Abschied gekommen und eine Menge fremder Leute. Stallone verbeugt sich vor einem kleinen Mann und sagt: »Das, Herr Minister, sind die beiden Jungen.«

Der Minister ergreift unsere Hände und schüttelt sie feierlich.

»Wer seinen Mitmenschen und Mitgeschöpfen so beisteht wie Antonio und Sascha, hilft damit der ganzen Menschheit.« Er putzt sich feierlich die Nase. »Ich bringe euch die Grüße unseres Herrn Bundespräsidenten. Auch die großen Naturschutzverbände der ganzen Welt und unzählige kranke Menschen, die dank euch nun wieder Hoffnung schöpfen, grüßen von ganzem Herzen.«

Dann sagt er noch, dass er die Ehre hat uns etwas zu überreichen. Er greift ins Jackett und holt zwei Kuverts hervor. Eines für Sascha und eines für mich. Eine Ehrengabe des UNO-Fonds für bedrohte Tiere.

Während ich verlegen mindestens schon zum neunten Mal danke sage und mich der Minister an seinen Brustkorb zieht, äugt Sascha schon in sein Kuvert. Ich sehe, wie er blass wird, wie seine Zähne wieder klappern, und frage, bevor er sich hinsetzt, hastig. »Ein Brief zum Fürchten?«

Sascha nickt. »Ich habe mächtig Angst vor so viel Kohle, Antonio. Omelett muss dafür mindestens ein Jahr arbeiten.«

Ich mache jetzt auch das Kuvert auf, sehe rein und sage dann glücklich: »Sarah arbeitet jedenfalls das nächste Jahr nicht.«

»Das ist nur ein Bruchteil der Summen, die ihr der Welt erspart habt«, sagt der Minister gerührt und reicht uns noch einmal die Hände. »Weiter so, Antonio. Weiter so, Sascha.«

»Wir müssen auch weiter«, ruft in diesem Augenblick Omelett. Er hüpft aufgeregt von einem Bein aufs andere. »Der Zug in St. Sebastian, Junge. Du weißt doch.«

»Ich weiß«, sagt Sascha und reicht mir die Hand. »Es war der tollste Sommer, den ich je erlebt habe, Antonio.«

»Warte erst mal den nächsten ab, Mann.« Ich drücke ihm zum Abschied eine der Metallscheiben aus dem Schacht in die Hand.

»Was ist das?«, fragt er mächtig interessiert und macht riesige Augen.

»Eine Münze«, flüstere ich ihm zu. »Gold. Aus dem Schacht. 700 Jahre alt. Es gibt noch mehr davon dort unten.«

»Echt?«, fragt er leise.

Und ich sage: »Echt.«

»Das ist ja toll!«

»Gehen wir nächsten Sommer wieder runter?«

»Klar, Mann«, sagt er. »Ich fang schon mal an einen Plan zu machen.« Dann geht er rüber zu Lenhard, zu Jes, No und Sarah, lässt sich umarmen und fährt dann mit Omelett ab.

Ich gehe auch Adieu sagen. Die Augen meiner Frauen sind voll Tränen. Auch mein Schäfer und der Admiral sind traurig. Während Lenhard schweigt und meine Hand eine lange Zeit in seiner hält, höre ich plötzlich wieder den

Admiral. Klar und deutlich: »Es war mir eine Ehre, dich zu kennen, Antonio. Wirklich eine große Ehre.«

Er sagt es, läuft dann langsam und irgendwie müde davon. Hinter seinem alten Hund her läuft mein alter Schäfer. Nach einer Zeit drehen sich die beiden noch einmal um. Dann sind sie hinter einer Biegung des Weges, der hinaufführt zur Ebene, auf der das Hassfeld liegt und die Eiche steht, verschwunden.

Ich sehe jetzt nur noch die Berge im späten Licht des Tages. Über dem Hassfeld kommt ein feiner weißer Nebel auf. Herbstnebel. Der Sommer ist vorbei.

Henning Pawel, 1944 in Mecklenburg in einer deutsch-jüdischen Familie geboren, verbrachte seine Kindheit und Jugend in Thüringen. Nach dem Abitur machte er eine Ausbildung als Repro-Fotograf und arbeitete als Fernfahrer. Danach studierte er Jura und Kulturwissenschaften. Er war von 1974–1982 als Stadtbezirksrat für Kultur in Erfurt tätig. Seitdem schreibt er als freier Autor für Radio, Zeitungen, Theater und Verlage.

Die Deutsche Bibliothek – CIP-Einheitsaufnahme

Pawel, Henning:
Das Geheimnis der Satanseiche / Henning Pawel.
Mit Ill. von Heribert Schulmeyer. –
Stuttgart; Wien; Bern: Thienemann, 1999
ISBN 3 522 17251 5

Einband- und Innenillustrationen: Heribert Schulmeyer
Umschlagtypografie: Michael Kimmerle
Schrift: Rotis serif
Satz: KCS GmbH in Buchholz/Hamburg
Reproduktionen: Die Repro in Tamm
Druck und Bindung: Franz Spiegel Buch GmbH in Ulm

5 4 3 2 1* 99 00 01 02

Thienemann im Internet: www.thienemann.de

Tolle Abenteuer mit dem tollen Trio

Zimmermann & Zimmermann
Das tolle Trio jagt den Hamster
160 Seiten, ISBN 3 522 16948 4

Schon immer haben David und Ev ihren Vetter Heinzi als Beispiel vor die Nase gehalten bekommen. Und jetzt müssen sie für drei Monate zu ihm und seiner Mutter in ein Nest nach Bayern ziehen. Schlimmer hätte es kaum kommen können!
Aber bald finden die Geschwister heraus, dass hinter Heinzis Artigkeit ein Geheimnis steckt, das sie noch lange beschäftigen wird ...

Zimmermann & Zimmermann
Das tolle Trio
jagt den Salamander
160 Seiten, ISBN 3 522 17084 9

Zimtröters sind im wahrsten Sinne des Wortes aus dem Häuschen! Frau Kleinschmitt hat ihnen die Wohnung gekündigt, Ev ist bis über beide Ohren in Lars verknallt und David wurde das teure Mountainbike von Ralf geklaut, das er im Tausch gegen Englisch-Vokabeln für einen Nachmittag ausgeliehen bekommen hatte. Gut, dass Heinzi zu Besuch kommt, denkt David. Aber dann gehen die Abenteuer erst richtig los!

THIENEMANN

07.09.1998

Herzlichen Glückwunsch

und alles Liebe

zu Deinem

Geburtstag

wünscht Dir

Jutta

P.S. Viel Spaß

beim Lesen!

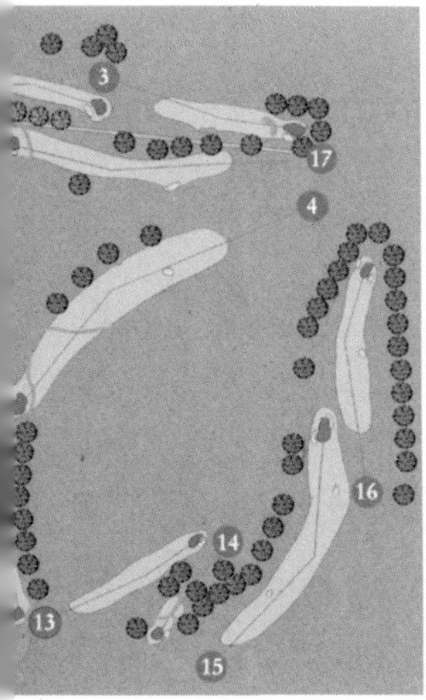